把村庄带回家

江华 著

西苑出版社
XIYUAN PUBLISHING HOUSE
中国·北京

Copyright ©2025 XIYUAN PUBLISHING HOUSE CO.,LTD.,CHINA
本作品一切中文权利归 **西苑出版社有限公司** 所有，未经合法许可，严禁任何方式使用。

图书在版编目（CIP）数据

把村庄带回家 / 江华著． -- 北京 : 西苑出版社有限公司，2025.2. -- ISBN 978-7-5151-1049-3

Ⅰ．I267

中国国家版本馆 CIP 数据核字第 20244B55J7 号

把村庄带回家
BA CUNZHUANG DAI HUI JIA

作　者	江　华
责任编辑	汪昊宇
文字编辑	肖毓鑫
责任校对	许　姗
责任印制	李仕杰
开　本	880 毫米 ×1230 毫米　1/32
印　张	7.5
字　数	137 千字
版　次	2025 年 2 月第 1 版
印　次	2025 年 2 月第 1 次印刷
印　刷	小森印刷（北京）有限公司
书　号	ISBN 978-7-5151-1049-3
定　价	36.00 元

出版发行	西苑出版社有限公司
	北京市朝阳区利泽东二路 3 号　邮编：100102
发 行 部	（010）84254364
编 辑 部	（010）64214534
总 编 室	（010）88636419
电子邮箱	xiyuanpub@163.com
法律顾问	北京植德律师事务所 17600603461

序
回不去的故乡

丁立梅

她有昵称叫江小豆。

我喜欢喊她小豆。挺亲的,像叫一个邻家姑娘。

她也真的是个邻家姑娘,朴实、大气、温暖,有着纯棉质地。笑起来尤其动人,似有成桶的阳光倒下来,又跟滚了一地的银锭子似的,闪闪亮亮。这种气质是那个叫顺潭港的地方孕育出来的,那里曾经河流宽阔,庄稼稠密,炊烟欢实,鸡犬相闻。

那是她的衣胞地。

和那个时期大多数乡下孩子一样,她也走过一段贫瘠、辛苦,但又充满快乐的小时光。这段时光锻造了她性格里的坚韧和倔强。十七岁,考幼师梦断,她的另一个梦想起航,她要做播音员，说一口字正腔圆的普通话。由此她走上自学之路，与文学结下了不解之缘。

高中毕业五年后，她圆了个小梦，做了镇上广播站的播音员。后来，广播站式微，她到城里工厂做过一线女工，又进职场打拼多年，最后跳槽到一家金融单位，前两年还考了本小学教师资格证书揣着。一路走来，无论身处何种境地，她都保留着对读书和书写的热爱，这使她的人生，一直在跳着级，在闪着光。我私下猜测，她的这份狗尾巴草般的顽强，怕也得益于顺潭港对她从小的教育——土地诚实，你种下什么，就能收获什么。

她怎么能忘记她的顺潭港呢，一次次朝着那里张望，一次次回到那里。记忆里的事物历历可辨，眼前的事物却渐渐陌生，她的顺潭港如无数个村庄一样，在萎缩，在消失，物非人非，这是没办法的事情。

她于是开始书写，断断续续写着，她要用文字留住她的顺潭港。她的书写不为迎合谁，只是诚实地面对自己的内心，这让她的文字少了顾虑，少了拘谨，反倒显得率真、坦诚。就像聊家常一般，她跟你聊起那些往事，青草般绿盈盈的往事，便慢慢长到你心里面了。有时，读到她写的句子，你不由得感叹一声，真好。比如，她写麦收时节父亲磨刀的情景，"迎风弓背磨出五月的光亮"。比如，她写村庄的鸟窝，"鸟窝在村庄的中央高悬，还村庄一颗跳动的心脏"。

那么，就让我们坐下来，靠近她，再靠近点，听她慢慢说起那个叫顺潭港的地方。四季的风吹过来了，清亮的河水流过来了，明晃晃的月亮升起来了，玉米、麦子、棉花、水稻绿油油生长着，吃猫咪粥、吃下午、钓鱼、出人情、吃肉圆、过大年、过七月半……烟火人生，热热闹闹，悲喜交集，这是从前的顺潭港。现在，村庄的下面，埋着一个村庄，那些曾经鲜活的人，都在地底下相会吧？她说："走到我家老宅基地，我停留了好些时刻。我干脆坐在一片瓦砾中呆望着天空。'我要坐下来，让我悲伤一会儿。'"读到此，你的心弦不由得被狠狠拨动。因为，那不仅是她的顺潭港，也是你的，是我们都回不去的故乡。

目录

第一辑　那时雨

那时雨 / 003

西瓜往事 / 006

祖母的小屋 / 009

鸡蛋里的村庄 / 013

棉花 / 016

百合 / 019

骨头包肉或肉包骨头 / 022

陪祖母看戏 / 024

我的小升初 / 027

围堤脚下 / 030

茅草绳 / 033

时光碎片 / 036

理发师 / 041

那年那味 / 044

小芹 / 047

疏远的记忆 / 050

与蚊子抗争到底 / 053

初滋味 / 056

小龟爬上手 / 058

十里上学路 / 060

太平天国 / 063

声音流淌的四季 / 065

第二辑　顺潭港的忧伤

猫咪粥 / 071

肉圆佳话 / 073

跟路 / 076

吃下午 / 079

小闸口 / 081

五月麦收 / 084

六畜兴旺 / 087

麻雀麻雀满天飞 / 091

顺潭港的忧伤 / 096

娘家亲 / 100

依兰 / 104

生死相诺 / 108

回到最初,回到永远 / 112

七月半 / 116

四月的纪念 / 119

尘世中的孤守 / 123

力养一人,字养千口
——祖母绕在嘴边的乡村土语 / 127

第三辑　我把村庄带回家

春天里 / 137

老家的秋 / 140

你来,有麦香 / 142

冬日村庄 / 144

一片云所能带走的 / 146

赤豆棒冰换来的梦想 / 149

我把村庄带回家 / 151

小学旧址 / 161

雪后 / 163

锈迹斑斑的锁 / 166

穿过田野的风 / 170

第四辑　我的诗篇

我的诗篇 / 177

蛤蟆子草 / 181

愧对一朵花开 / 184

小姨 / 187

那些北风吹过的日子 / 190

难咽的苦 / 193

陪读的日子 / 196

海，仍是诱惑 / 199

柔软的事物 / 201

一片叶子的正反两面 / 204

阅读刚刚开始 / 206

植物的奶，动物的奶，女人的奶 / 209

狗尾巴草的梦 / 213

何以生华发 / 216

回望西湖 / 219

离我最近的路遥 / 222

后　记 / 227

第一辑

那时雨

农人难得的快乐自然和雨有关。雨对乡邻来说有时是一种祥物，作物要雨水，树木要雨水，男人的鼾声女人的疲倦也需要雨水。村庄里有两条河，如长时间不下雨，小河里的水也变得浑浊浊的，它们也需要雨水。

那时雨

扎着羊角辫，齐刷刷的刘海儿耷在并不宽阔的脑门上。忽闪忽闪的大眼睛，专注里显出几分灵气。她静静地坐在堂屋门里边，看雨斜斜密密地下。

妈妈在忙自己的事，圆圆的柳编簸箕里，妈妈倒下一口袋黄豆，黄豆从田里收起后，铺在门口泥场上，是妈妈用连枷一下一下打出的，打下来的黄豆还未来得及细细清理，这个雨天，妈妈总不会闲着，要把那些黄豆里的泥渣、石子、豆壳皮，还有黑黑的草种子等杂物剔掉，干净的黄豆就可到油坊榨油了。

雨水浇透了泥场，有几个很深的小水洼了，积了一场的水直往场边小沟里流。泥场本是一块南瓜田，这时节南瓜已结成，大都已摘回。场中间有一个碎旧砖块堆成的台子，上面是妈妈制作的一缸豆饼酱，缸上倒扣的塑料盆，红得刺眼。雨下得猛时，邻居家房顶上雾蒙蒙一片，她不经意地想起美术课本的一幅水墨画。河边芦苇又高又密，随风东摇西摆，那些细细的身子都是从水里抽出的，软得很。

雨是半夜开始下的，一会儿紧一会儿慢，一会儿稠一会儿稀，她半夜里醒过一会儿，那些雨声也会吵醒人的。没有雨声的夜里，村庄里只有黑，黑洞洞的黑。

也许是早半夜下的雨，她醒后就听父母在东房间里嘀咕嘀咕，也不知他们说什么，她不在意那些跟自己无关的话。薄薄的棉被裹在身上，很暖和，她闭着眼睛，专心听雨。雨声里，她能感觉到村庄是怎样一种安静，还有安静里渗透着的<u>丝丝清凉</u>。

起早的小麻雀在尖尖地叫，翅膀被雨淋湿了？她觉得躺在床上听雨是一件舒服而有趣的事，听着雨，雨却淋不到她的黑头发，也湿不了她的花衣裳。她甚至想妈妈不用下田劳动，乡邻们都能趁机睡个懒觉。那些农活一年到头总是做不完，只有雨，让男人们心安理得地坐在家里抽抽烟，老婆不给脸色看；让女人们从抽屉里拿出纳了一半的鞋底或织到腰身的毛衣，凑到一块去边打毛衣边拉呱。她们想不起喝茶水，争抢着说最近的农事、横眉毛竖鼻子的婆媳芝麻事，再扯道听途说七里八村的趣闻艳事。说归说，手里可不得闲，个个兴趣盎然。农人难得的快乐自然和雨有关。雨对乡邻来说有时是一种祥物，作物要雨水，树木要雨水，男人的鼾声女人的疲倦也需要雨水。村庄里有两条河，如长时间不下雨，小河里的水也变得浑浊浊的,它们也需要雨水。

村庄在雨里变得亮堂起来,房子、树、农田、小路、河流全都亮堂起来。有几片黑云低低地停在天空,像一群乌溜溜的麻雀,雨没有停的意思,但已不像刚才那样猛了,只是细细地飞。她站起身来,跨出门去,把手伸到雨中,想抓住一根雨丝。仰起头,细雨飞在脸上,痒痒的,像拂过脸上的羽毛。她忽然打了个寒噤,连忙转身回到屋里。

妈妈低头还在簸箕里一小把一小把地拣黄豆,她搬起家里的"趴趴狗"小矮凳坐到妈妈身旁,学着妈妈的样子,把眼睛睁得比黄豆还要圆,在簸箕里一小把一小把地滑那圆圆的豆。

雨,还在下着。黄豆在簸箕里滚来滚去密密地滑响,亦如雨点。她问,"妈妈,雨还要下几天啊?"

妈妈头也没抬,说:"天说了算。"

西瓜往事

那年春天,母亲从外婆庄上找来精贵稀有的西瓜种子,第一次在自留地里育苗长西瓜。我和弟弟从移苗的第一天起,就馋馋地期盼西瓜早点熟。

放暑假了。西瓜的长势更快,田中间的一棵西瓜藤一路延伸在前,并结下第一个西瓜秃[*]。以前,西瓜的模样我多是在图画书上看,自家地里长出西瓜,真让我们有说不出的激动!我们自然把这"头胞子"西瓜当作宠儿,吃饭睡觉总想着它,一有机会就去看看它,母亲交代:不许用手摸!老摸西瓜不肯长。

小心地踩着藤与藤之间的空隙,小腿被带细刺的叶儿挎得泛红;站在它面前,像看着大地摇篮里一个熟睡的婴孩,

---

[*] 西瓜秃是乡下人的说法,指西瓜即将成熟之前的状态。西瓜红瓤黑子意味着成熟,如果不成熟,吃起来有一种秃腥味,故名曰"西瓜秃"。

它在瓜叶下一点儿也不知道我们的心思。我们明知西瓜秃不能吃,但还是忍不住一遍又一遍问母亲,什么时候才能吃啊?母亲说,等瓜靠地的那一面变黄,并轻敲瓜皮,声音不再脆响,瓜就熟了。

那时,村里长西瓜的人家极少,一般很难舍得把自留地划出来长这些小孩可能会偷吃的果物,都被秋后就能卖钱的棉花、黄豆等农作物统领着。母亲在村里算是思想比较开明的人。

西瓜一天天变大,母亲总比父亲多几个心眼,她特地用一把青草盖住那圆如篮球的西瓜,还安慰我们,估计再等七八天就能吃了。没几天,发大水了,那天夜里突然下起暴雨。第二天一早,我们惦记着西瓜被水泡着,就央求母亲,让我们去把它摘回来吧。母亲想了想,同意了。

自留地在两百米开外。我和弟弟挎着竹篮,光着脚丫,撑起家里唯一的一把黄油布伞,兴奋地"抢救"西瓜去了。路很滑,二十个脚趾像螃蟹一样紧紧贴住泥泞的地面,互相告诫,回来的路上千万别摔跟头,西瓜摔碎了要被妈妈狠呢。两人胳膊挽着胳膊来到瓜地,像在做一件神圣的大事,我小心地往那个熟悉的方向走去,蹲下身子,扒开瓜叶,可是,可是……西瓜不见踪影。是看错了吗?不可能。地上被西瓜压出的浅浅碗碟样的小塘是那样的醒目刺眼。我和弟弟傻傻地站在雨中。"西瓜没了,一定是被人家偷了。"我们立即号哭着跑回家，只带回空空的篮。母亲大为吃惊，一句话不说，冒雨直奔瓜地。那个大西瓜，母亲辛苦培育出的大西瓜，我们日夜惦记着的大西瓜，真的不翼而飞了！

雨中，几乎从不说脏话的母亲在田边就大骂开来。晚上，母亲冷静下来跟全家一起"破案"，她说："瓜地里的脚印很大，一定是个男人偷的；照我看不是张丫子*的唐二宝，就是二队晚上常出来捉蛇的那个人，也可能是陈家那长头发的儿子，没良心的，吃下去烂肚子……"说这话时，母亲长叹一声，更加疼惜地看着我和弟弟。

---

* 方言，指捕黄鳝。丫子是乡人捕黄鳝的工具，篾制，形状像"丫"字，也叫鳝笼。

祖母的小屋

一门一窗一烟囱,祖母的小屋,颇像童话故事中的简笔画。如今还孤零零地在庄子后面的大堤脚下紧锁。

六岁时,家屋后不远的新洋港要加深加宽、围堤造林,祖上留下的两间砖木结构房只好拆了。祖母生四子一女,长女与幺子都在八岁时得了同一种病而不幸夭折。我父亲是长子,全家同祖母一直居住在老宅;两个叔叔当兵复员后,二叔在镇上做采购员,一家四口挤在厂区两间直筒房里度日;三叔文化水平不高,没有着落,经人介绍成为别县一家无子户的倒插门女婿,但三叔要强,婚前和女方家约定生孩子仍跟父姓,并承担赡养亲生母亲的义务。听说拆老宅,同胞三兄弟各怀心事。

一个老宅,拆成三个家,秉性耿直、寡居多年的祖母坚持提出独居的要求。听母亲说,拆迁时,是祖母分的家。三叔用船搬走了他的那份家,走时,因为几根橡子,母亲与三叔吵骂得很厉害，如果不是我外婆拉劝，甚至要拳脚相加。因为分家，兄弟间的情分、婆媳妯娌的感情，不知损害多少。祖母固执地不与三个儿子同住，她唯一的理由就是自过自方便，不受人气。她仅留下大队给的拆迁费一百元及一些家什。

祖母用了极少的钱在堤脚下砌了一间砖土结构的房子，外面敷上一层草皮，便开始一人独住，一间孤独的小屋住着一位孤独的老人，尽管她儿孙满堂。

父亲与母亲动用了有限的积蓄，舍不得丢掉分家得来的一瓦一砖，并向母亲的姊妹们借了些钱，在两位有瓦匠手艺的姨夫帮忙下，我们总算在老庄的东河岸落了家。

祖母毕竟是父亲的母亲，是我和弟弟的祖母。在分家以后近二十年的日子里，祖母虽独居，但一到农忙，她还是早出晚归，为我家烧饭、洗衣，还要打猪草、喂鸡料。有时天太晚了，我就陪祖母一起回家，在回祖母家的路上，必要经过一里多路的旷野，还要经过生产队队房后面一大池塘，听说那里闹过鬼。祖母说，天黑一个人走到那里，心里总是怵怵的。本来我以为大人都不怕鬼，鬼只是吓唬小孩的，而祖母竟怕。但祖母是从不相信鬼的，她是怕夜的黑吧，那种无底的黑。

下雨或我家不太忙时，祖母就留在屋里缝缝补补，或与老人聊天，或在屋子周围种菜点豆，日子过得很清苦。每年暑假，我和弟弟都要到祖母的小屋里住一段时间，祖母的庄上有很多和我们一起长大的小朋友，弟弟喜欢下水游泳，祖母在岸上一步也不敢离开。晚上，我们要听故事，她就讲她和爷爷的故事，我家老一代人分分合合、聚聚散散的故事，她也讲《红楼梦》《孟姜女》《梁山伯与祝英台》的故事。祖母虽识字不多，却爱看戏，她的故事多是戏里听的。祖母常对我说，你们姐弟俩从小都是我带大的，和你们最有感情。但祖母没能带二叔家的两个孩子，二婶对祖母有些说不出的意见，祖母心里清楚，各有各的无奈。

母亲与祖母偶尔因为家事争吵过几次，每次祖母都憋气，不到我家去烧饭了。而性急的母亲犟起来，像头牛，难以拉回。记得一次祖母与母亲闹矛盾，好些日子不到我家来。一个星期天，我家包水饺，我和弟弟想起祖母却不敢提，平时吃水饺总是要叫上祖母的。那天，母亲等我吃过，用一带盖的搪瓷缸盛上满满一家伙水饺，用篮子装好，让我趁热赶快送到祖母那里。那么小的我，在两个最爱我的女人之间传递着一种复杂又微妙的情感。我对那个搪瓷缸很有感情，因为它化解了我幼稚心灵中难以表达的恐惧和疼痛。记得上面印有毛主席题的一句话：东风压倒西风。

祖母是一个非常要强的女人，祖父三十四岁那年一病不起，本来还算不错的家，为祖父治病六年，花去了所有积蓄，当了所有能当的家什。最后，祖母含泪卖掉一枚重三钱多的金戒指，这是祖母一直压箱的嫁妆。戒指并没卖出好价钱，到处求人也仅卖了二十八元。这一切一切的付出,没有感动苍天,只是让一个壮年男人在死亡的阴影中找到些安慰,也让一个女人日夜忍受着一份生离死别的痛。祖母的一生,有多少的思念留给了远去的祖父?没有人知道,或许小屋知道吧。

十年前,我们全家在镇上买了新房,那时祖母已七十五岁,家人商议要带她离开顺潭港。祖母起初不肯,但人老了,哪能由得她?最后是母亲说服了她。祖母不知明里暗里流了多少泪,临走前一天,她让父亲和弟弟到爷爷坟上烧了纸钱,算是离开故土的一点慰藉吧!

祖母的小屋是我记忆里一块深刻的胎记,无法抹去。十年的离乡生活,祖母早已习惯,而她苍老的身体,已多年不再与小屋亲近,祖母常扳着指头,念着庄上先她而去的老人那些曾经亲切的称呼:李大妈、姚奶奶、陈二老太,她熟悉她们就像熟悉给她温暖与自由的小屋。祖母知道,有一天,她还会回到那些人的身边,回到小屋的身边……

鸡蛋里的村庄

"从老家带来的鸡蛋,我舍不得打开你,那里面也许有一个村庄……"这是诗人、作家孙昕晨老师新书《也亲切 也孤单》中的一句话。读一遍,就记得牢牢的。或说,每一个字都把我抓得牢牢的。

小时候,村庄上几乎每家都养鸡。母亲对待一只鸡,绝不亚于对待一个孩子。小鸡捉回来,像小皇帝一样伺候着,保温保暖,喂水喂米,隔几天还要喂药。一天天巴望着它长大,巴望着它屁股下早日生出个蛋。

小鸡难养,成活率并不高。我记得母亲为一只生病的小鸡所付出的努力。当有小鸡不幸夭折后,母亲会非常不舍和叹息,甚至连续几日心情不好。

日子过得再紧,也要为鸡搭个窝,让它们有家,有安全感。那时,农村黄鼠狼多,半夜偷鸡的也有。一只鸡被偷走,并不仅仅是鸡的事,而是主人的事,也是村庄里的事。有鸡不在了，庄上人都会知道并多有同情，有时，热心的邻居还会送来一瓢鸡蛋上门安慰几句。

现在想来，一只鸡对于一个家庭来说，该有怎样丰富的意义？

我们和鸡朝夕相伴，每一只鸡都有自己的名字。

早晚给它们喂食、喂水。白天它们散养在家屋周边，热闹着。它们懂事地从不跑到陌生人家去生鸡蛋，一定会生在自家的窝里。晚上，"关鸡窝"是家里的大事，不管春夏秋冬、雨雪霜寒，母亲临睡前必要检查一下鸡窝门的安全，用砖和瓦片把鸡窝的小门封得严严实实。

我家鸡窝搭在厨房屋子的西南角，窝口是两块砖头大小的洞，每次下晚拿鸡蛋，我和弟弟要费很大的劲儿。小时膀子短，够不着鸡窝里的蛋，就跪在门洞外，用掏锅灰的掏耙向里够，掏耙是木制的，有一段比我们手臂稍长的木柄，我们凭着一种天生的手感，慢慢用掏耙向窝门口挪来一只又一只鸡蛋，直到把它们小心又小心地放进大瓢，送回堂屋条台最左首的抽屉里。虽说这活又脏又累，还有鸡屎臭，我们却抢着干。

我们还要靠鸡蛋丰富餐桌上极为单调的菜肴。小葱炖鸡蛋里蛋花嫩，韭菜炒鸡蛋啊黄霜霜来香喷喷。

远方亲戚来了，母亲第一要做的事，是打一碗蛋瘪子。一碗蛋瘪子，就是乡下人最盛情的表达。后来，我们知道它有美名"荷包蛋"。

家里不是天天舍得吃鸡蛋,鸡蛋可以到村头小店换洋火(火柴)、换洋油(煤油)、换针线、换我们所用的文具。

邻居小芹常在上学之前,背着大人从鸡窝里掏个鸡蛋带着,到村头小店换糖吃,我吃了小芹的糖,也从不告发她,有时还"礼尚往来"地给她作业抄。

每年过一次生日,也要靠一只煮熟的鸡蛋来证明,自己过了一个非常体面的生日。热乎乎的鸡蛋握在掌心,跑了一个庄子,还舍不得吃……

"从老家带来的鸡蛋,我舍不得打开你,那里面也许有一个村庄……"这不只是诗人的即兴之语,每一个字,还传递着对家乡对故土对亲人的爱。尤其"舍不得"三个字,令我呆坐了好一阵子。

棉花

关于棉花的记忆，总与母亲的辛劳紧密相连。二十世纪八十年代，农村实行家庭联产承包责任制，处处生机勃勃。农民收入高了，装上电灯，住上小楼，还能看上十四英寸的黑白电视。那时候我家的主要收入一半来自父亲教书的工资，一半来自田里的棉花。

初春时节，田野里麦苗开始疯长，料峭的春风里，母亲扎着结婚时围的那条蓝围巾，一锹一锹挖苗床。三四月间，母亲要在苗床制棉花钵，也叫"脱钵"。钵是一种很古老的农具，也算是一种模具。母亲用双手有力地将钵具嵌入一堆松软的泥土，再用右脚将土钵踩出，一只只土钵就这样整整齐齐排列在苗床里，似一个个在接受检阅的战士。每只钵体上面都留有红枣大小的钵眼，那是等气候转暖时摆放种子的，犹如孕育生命的子宫。

孩子大了总要出远门，棉花苗长到一尺高时，就要移入田间，成行，成片。移苗前后，母亲是最苦最累的，起早贪黑，一棵棵钵苗从母亲手里先铲搬到筐中，再挑到花行间分送进打好的钵房里，压土稳实。晚上回到家中，母亲常常能连喝五碗稀饭，直到直不起腰，弟弟就跑上去为母亲捶背敲肩，在父亲与母亲交谈田间杂务时，我抢着做完力所能及的家务。

移田后的棉花苗娇气得像个公主，厨房山墙上的喇叭里，不时传来一个熟悉的男人的声音，他是村里唯一的技术员。地道的方言从喇叭里传出，母亲常端着饭碗，竖起耳朵听那高亢有力、从没有降调的声音：什么时候追肥、追多少，什么时候打药、打啥药，抹穗芽，除老叶，打公枝。日久，连我当时这个十几岁的孩子也能说上不少专业术语。由此，从小我就意识到宣传的重要性，而我的职业冥冥中竟真的与宣传有着关联，播音员、主持人、企业报刊编辑、培训师，而母亲却在棉地里辛苦了半辈子。每年摘棉花的喜悦，也许是对辛劳的母亲最温暖的抚慰吧！

摘棉花是一种收获的方式。母亲将围裙扎成包裹状系于腰间，两手娴熟地将白花从花铃里摘起，母亲的手指上有多处裂开的伤口。不要紧，百雀油就在母亲的口袋里，疼的时候，母亲拿出来往裂口的缝里擦上一点儿，伤口便恢复了滋润，不会再有棉花絮意外的缠绕。当父亲从供销社领回卖棉花的几张百元大钞时，我看到母亲总是舒展着从容开心的笑容，是母亲的汗水浇灌着四亩棉田的生长，换回的不只是数得着的钞票，还有农民母亲的尊严、家庭主妇的责任。

乡间田野花色繁多，桃花、梨花、鸡冠花、月季花、菊花等，每一种花也各显艳姿芬芳，只是在季节的变换里她们不久就凋落尘间，而素白的棉花，历经春的雨露、夏的炙烤、秋的风霜，在母亲的期待中绽放，绽放着一年又一年的喜悦。棉花后来的命运，母亲从不惦念。而当有一天，那个曾经跟在母亲后面摘棉花的小姑娘，坐在敞亮的书房里，突然想起了那素白的棉花时，就忍不住写下了这些关于棉花的文字。

百合

瓣儿抱着瓣儿，相依相偎。

我拿起一盒，九个。像九朵栀子花开在掌心。不由想起关于百合的往事。

十几年前，我上高中，母亲为贴补家用，在自留地里开出一大块菜地。夏秋时节，各种瓜果蔬菜上市。每天半夜，母亲摸黑驮着两篓子青货往五十里外的城里赶。中午，骄阳似火。母亲头戴旧草帽，一脚一脚蹬车回家。到家时，母亲衣背湿透，口干舌燥，从水缸中舀上一碗凉水，咕咚咕咚喝完后，打开黑皮革包，拿出一沓皱皱的钞票。每天这样来回奔波，最多也就卖个三十元钱而已。母亲数钱时神态专注，却缺少生意人的娴熟，"一角、二角、一块、一块五、两块……"口中念叨着，生怕疏漏数错一张。有时，母亲会抽出其中一张面值五元的纸币，说，这钱是一个姑娘给的，她买了二斤黄瓜；又指着一张一元的新票子说，这是一个胖奶奶的，她买了三两芫荽……是什么原因让母亲因一张纸币就记住一个陌生的面孔？每次数完后，母亲黝黑而多斑的脸上，总会露出疲倦的笑容。

一次母亲卖菜回来，从篓子里拿出一袋形似蒜头的东西。我从未见过，觉得新奇。母亲说："这是百合，有营养呢。贵啊，买一斤百合要卖三斤豆角。"她原舍不得买，是一个卖百合的女人着急收摊，便宜卖给她的。母亲说，卖百合的女人是外县的，做一趟生意，不容易。

那天下午，祖母在屋后的树荫下剥百合。鲜嫩的百合片一瓣一瓣从祖母苍老的指间滑落。祖母穿着一件青灰色大襟褂，一边剥一边与一位来请父亲代笔写信的老妇人闲聊。老妇人的身世有些神秘，让我一直记得她。她的丈夫1949年前从上海去了香港，音信全无；她只得带着两个女儿改嫁到农村。1949年后，她的丈夫又找到了她，但因另有家室不能与她们母女团聚。她后来在特殊的年代里还为此吃了不少苦头，这些苦只有通过书信向亲人诉说。她不识字，针线活却做得很好，每次到我家请父亲写信，总会帮祖母和母亲做些针线活，针线活多时，母亲还留她多住上几天。我总能从她辛酸的故事里明白一些什么，她的苦在她心里，很深。记得她皮肤白皙，如百合。

祖母的额上皱纹如壑，她剥百合不同于母亲数钱，熟练又闲散。经历过战争、饥饿、灾荒的祖母，坐在那里，像一株历经风雨的老树。百合脆嫩的生命,在祖母指间一瓣一瓣跳落。百合瓣儿像"心",从外到里,由大变小,由萎黄到嫩白,剥到最中间,是一个小小的芽尖。光滑如瓷,润白如玉。

晚上,祖母把剥下的百合片用清水洗净,怕我们嫌味苦,又泡上一夜。第二天,母亲仍早早去城里卖菜了,祖母给我们煮百合汤,汤用豆油煮后,纯白如乳汁。喝一口,香浓滑润。再喝,淡淡的苦味渐渐浸穿舌尖,又在不经意间散去,如清风拂过,留下几丝恬静。

此后,我没来由地喜欢上了这种淡淡的清苦。我从书上了解到,百合可入中药,有祛火滋阴功效,最苦是百合心。

天然的百合。美在那心里,苦也在那心里。

骨头包肉或肉包骨头

戏里总有故事，也有俗如荞面疙瘩的俚趣。家乡的淮剧大致就是这样。记不清哪出戏里，有一段唱，女问男答。女：什么东西骨头包肉？什么东西肉包骨头？既然是戏，总是无巧不成书，有如此聪慧机智的小花旦，就当有英俊才气的小生，他好像不假思索就答了上来：骨头包肉是鸡蛋，肉包骨头是呀么是大枣。恍悟。平平常常的鸡蛋和大枣，一入戏词，竟不一般了。写到这里，我还能记起那小生与花旦对唱的唱腔，自由调里起伏着爱情不期而遇的甜蜜。

那时对鸡蛋大枣，一点也没有营养学的概念，鸡蛋，鸡窝里掏掏就有。红枣干瘪瘪的，平时也没人贪吃它，甚至想不起来它。只在婚嫁迎娶之时，枣子被寓意为"早生贵子"，身价得到发酵似的提高，被搀亲奶奶当着酒引子用。每个红纸包里包六个，压箱子放、礼篮子里放，新房家具的每个抽屉里都要放，红红的，衬托出新婚的喜庆并散发出民俗生根式的吉祥暗语。不管将来是否早生贵子,谁会再想起肉包骨头的这个惯常的礼俗?不就是几颗大红的枣!

最近对这肉包骨头的青睐,是因轰天盖地的宣传以及那不断渗入人心的营养学说。大枣被传说成神奇之物,"日食三枣,青春不老"。电台有记者采访南京一位老寿星,问他长寿的秘诀。老人说,没什么秘诀,就是坚持每日三颗枣。神奇的枣子,神奇的肉包骨头啊。

那日,中医搭脉之后,我多问了一句,我以后饮食上要注意什么?不算很老的中医慢条斯理地答,弄点大枣吃吃,每天吃五六颗,补气。于是,像接到圣旨般准备买最好的大枣吃。那日,穿过几条马路,慕名来到一家枣子专卖店。店不大,红枣的吃法明显被延伸和拓展,红枣干、红枣粉、芝麻红枣、八珍枣、阿胶枣、红枣片……保守地挑了最贵的买了一小袋,十五元,数数,十六颗。

骨头包肉或肉包骨头在戏里是谜底,在戏外已是情感的佳品、营养的代名词。很想再听那段女问男答的淮剧,上网搜了很长时间,无果,决定下次去探望祖母时,问祖母,她一定记得的,说不定还能唱出那一段呢。小时听淮剧都是跟着祖母听的,现在九十高龄的她从不吃红枣,只喜欢吃红烧肉。

陪祖母看戏

小时,农村生产队场头,宽阔的场地就是舞台。村子里有自己的文娱宣传队,唱的都是家乡现代小淮剧。

父亲会唱戏,自然我看戏就多。那些年,父亲大致演过《打碗记》《红灯记》等现代戏,听母亲说,她和父亲认识之前,早已知道父亲的名气,提到《红灯记》里的李玉和,看过戏的人都认识他。父亲也教人唱戏,夏天的夜晚,邻居家一位姓陈的小伙子到我家学唱《珍珠塔》选段,父亲拉二胡,他唱:恨只恨姑母娘,把良心改变……从那时候起,我也学着哼唱,却不理解唱词,懵懵懂懂地一直到初中,家里买了唱片机,才明白小方卿那段经典唱段,到底是在唱什么。

到三四年级时,村里的戏班子少了,看戏要到镇上的剧场。我常跟祖母到镇上看戏,星期六放学陪祖母一起上街。我家离镇大约十里路,祖孙俩一老一小走在乡间的小路上,脚步一点都不慢。去时,祖母会把家里葵花籽多炒一点,灌进小袋子,一路走一路吃,还要带一袋子给二叔家的两个弟弟。有一次,祖母走在路上,看到路边不知谁家掉下一个山芋,祖母舍不得浪费,到河里洗洗,就吃了。老人牙不好,一个并不多大的山芋一直到离街不远才吃完。

那时,二叔住在镇上,是一家集体单位的干部,镇影剧场一有戏班来,就托人捎信给祖母。邻居小怀子爸爸以前在镇上面粉厂食堂做司务长。二婶就在那上班,小怀子爸爸在世时,二叔请他带信带物,是老邻居,带什么也放心。二叔特别孝顺,当过兵,经济上在三兄弟中也是最好的,对祖母特别细心,吃穿用度,样样想在心里。

我和祖母一般天黑才走到二叔家,住一宿,周日看一场戏就要回去,不能耽误上学。那时二叔家房间不多,我要去借宿,就和大堂弟的干姐姐小珍子合睡。小珍子比我大三四岁,对我很热情,因常去借宿,后来我们都很熟了。小珍子和她奶奶有时也一起看戏,小珍子还会讲戏。二叔家的两个堂弟从小是小珍子奶奶带的,后来就认了干亲。

那时,电视还没普及,剧场里每场戏都爆满。一个戏班子来,都要唱好多天。唱完《莲花庵》还要再唱《哑女告状》,甚至还能有三台戏。有个星期一,为了多看一台戏,我不得不多逃一天的课,父亲是老师,也无后顾之忧。下午没事,我就跟着两个堂弟到他们镇上的小学去玩,那时的我,呆呆地,站在弟弟教室的窗户脚下,听他们琅琅读书,一直等到放学。

还有一次,祖母看了三天还不想回家,而我已逃课两天了,晚上急得直哭,直骂祖母。二婶说我能干了,祖母把我带出好处了,能骂人了。二叔没办法,看我又哭又闹要回去,就请村上一个他的同事,第二天一早把我送回家。

在我的记忆中,我再没敢骂过祖母,但这件事后来祖母总是当笑话说,并没有半点责备和怪罪的意思,她的口气里全是溺爱。

我的小升初

在老家顺潭港念完六年级，就要升初中了。小升初考试那天，家里也不比往常。我的紧张自不必说，早饭桌上，母亲用家里最大的瓷花碗为我盛满一大碗粥，并剥好几个粽子，让我吃饱了去考试。多年以后我才得知，考试吃粽子寓意"高中"。吃过早饭后，坐父亲的自行车去参加考试。那年，父亲是我的班主任。

我已记不得小升初考试最确切的日子，应该是六月份吧，天已经很热，我只穿了一件长袖的确良衬衫，考试地点不在本校，而是离我家两公里外的新乡初中。这学校我并不陌生，就在新乡村部的河东。那时我们很少有机会到镇上去逛的，新乡村相对于我们的村子，应该是较为"繁华"的一个地方，我们不把它当作一个村子，而是亲切地称为"新乡站"。这个"站"字估计是跟当时新乡有供销社有关，还有收（棉）花站、有各类杂货店沿路做生意。供销社里有长长的柜台，百货日用、布匹食品样样齐全，一进去，就会闻到供销社里特有的混杂味，我能分辨其中的各色味道，如洋油味、花绸布味、塑料桶味，还有后门里传来的酱菜味，其中洋油味最大，也很好闻。供销社还回收旧杂，我们就打了楝树果子卖过。正因为此，新乡是我心中第一个繁华之处。新乡村部经常放电影或有戏班子演出，我们只要得到消息，根本不在乎这两公里的路，争相跑去凑热闹。

毕业前，学校里还是按常规要提前拍毕业照，同学之间也突然变得多情起来，大家开始攒钱买礼物，大多数同学买的是一张印画，我们都叫"画烙"。画不贵，一角几分钱，关键是能够在画的边缘上，留一行小字，如：赠××同学留念。署名，日期。我已记不得赠送和收到几张了，唯一记得是同桌陈同学赠的一本橘黄日记本和一支钢笔，这是最贵也是最难忘的礼物。多年后，陈同学透露内情，这份礼物是他骑车十里多路到邻县射阳庆丰站买的。

毕业照家里已找不到，但记得拍照片的是我家亲戚，他中午到我家吃饭，为我家拍了一张全家福。我还和最要好的朋友静拍了一张合影，那时，我个子矮，她比我高两头，站在一起，我几乎齐她的腰间，我们还找了两顶太阳帽做道具，两个人手扶帽檐，定格成影。后来，一个初中同学看到我们的照片，她指着高个子静问："这是你妈妈吗？"我瞪大眼睛哭笑不得。

进了考场后我并不紧张，卷子也是很简单，我早早做完就等待交卷。坐在我后边的是邻居小芹，她做事爽利，学习上不太开窍，父亲有意把她安排在我的后面，就是希望我给她抄个及格分。小芹也有依赖，我还没做完卷子，就在后面捣我的后背。我胆小，做完只敢半遮半掩地给她抄，到底没抄及格。

考完试，就等发榜公布分数，我语文数学两门考 180.5 分，全班第二，比第一名少 0.5 分。父亲高兴得很。父亲没有把我留在新乡中学读初中，而是为我报了南洋镇初中。后来，我也很少有机会与我那些儿时的同窗们来往，短短的六年，如梦般消逝而去。

当年八月底到南洋中学报名，我被分在初一（3）班，这个班是尖子班，入学成绩必须在 180 分以上，又是 0.5 分，我成了幸运的尖子生。

围堤脚下

老家庄子后是高高的围堤，堤上的槐树和大叶子杨树每一棵都是国家财产，看林人是生产队里的老队长，威严自不必说。树长成茂林后，像母亲这样的村民可在堤上抹树叶喂猪或捡些脱落的干柴在灶膛里熬火，靠近的几户可在堤上放羊卖钱。我们孩子却把它当成童年的最大乐园，爬树、掏鸟窝、斜坡上玩"滑滑梯"。夏日带露水的早晨，我还带着一本书伴着鸟的曲儿，在林中朗读。围堤不觉成了村里人生活的一部分。

一条开凿后的大河傍堤向东，是我们小孩见过的最大的河了——新洋港，河面有五百多米宽，一户姓李的为队里放鸭子。夏日，一大群鸭子就在河里戏水或在岸边找螺螺吃。一条小鸭船常停在岸边，我们小伙伴无处玩耍时，竟也敢上船划几下过过大河荡舟的瘾。

新洋港成为主要的交通枢纽后，我常在大堤脚下看来来往往的船只驶向东、驶向西，尤其当有船队通过时，我们像看到了西洋景，跳跃着追着船队前行的方向，比数学课上还认真地默数有多少条船头尾相连。记得第一只船的船头，总有一面五星红旗迎风飘扬，气势宏伟，船舷上还不时有人走来走去，水性不好的我，看了心里又羡慕又担心，他们怎么一点没有慌张的感觉？数完多少船，就痴痴地看着船队驶向我们从没去过的远方，越来越远，直到最后像一根线或一条蠕动的蚯蚓……多年来，这个画面常在我眼前或梦中出现，我在梦中竟未长大，还是那个扎着两个短辫穿着花衣服的小姑娘！

一次暑假，我和两个表姐在大堤脚下找鸭蛋，那些鸭子经常不等回窝就把蛋生在了堤下的乱草窝里，所以，常有人在草丛里捡到鸭蛋。而我找过很多次，期盼找个鸭蛋给家里带点惊喜，但连鸭蛋壳也从未见过。

捡不到鸭蛋跟着两个表姐去划鸭船。她们都比我大两三岁，胆也大，竟然想把小船划到对岸去。木船很小，只有一对木桨，我坐在船上一动不敢动，尤其到了河中心的时候，浪大水急，心里想要是掉下去就没命了。两个姐姐用力划，快要到岸时，突然船帮上一边扣桨的绳子断了。小船有些乱漂。我用两只小手紧紧抓住船舷，身子发软。两个表姐似乎不慌不忙，我不知道她们是否是第一次划这么远。小船在河里转了几个圈，她们还是七手八脚地把只有一只桨的小鸭船划到了岸边。

到了岸上,她们逗我说,今天回不去了。二表姐说她的姨妈离这不远,晚上到她家去吧。我不肯答应,母亲不知道我出来,找不到我不急吗?她们就吓唬我,那你自己回去吧。我无助地看着她们,再看看西天快落山的太阳和眼前东流的河水,想哭却没有眼泪。那时我坐在北岸,望着南岸,第一次失去方向感。

两个表姐到岸上拔了一些茅草,搓成绳,把木桨紧紧地扣在船眼里。划起船桨再回到南岸时,我像是经历了一次冒险,从未敢将这段经历告诉过母亲。

茅草绳

三月，我们爬到村后边大堤脚下的坟茔头上拔茅针。茅针肉子白白嫩嫩，松松亮亮的，素淡的鲜味里夹着野性的甜。

茅针，多么形象又符合民间口语的叫法。茅草开始疯长前，一寸一寸在泥土里发力，长出的嫩芽细如针，末梢恰如针尖。

田野里的孩子，跪着、蹲着、趴着，只要有茅针的地方，都有他们的身影，像蚂蚁找食，一根一根拔起，剥开那层层卷着的薄如丝绸的茅针壳，就着春光享受大自然赐予的美味。

茅草长高了。乡间田野随处可见。一团团、一簇簇，蓬蓬勃勃野性十足。茅草质地柔软、韧性强，双手用力拉扯也不能轻易扯断。

当茅草长到七八月的光景，足有一人高。村里人到处去割茅草，可以盖房，可以搓绳，可以当柴火，割回来后，要暴晒几日，然后选取长度适中的茅草捆扎好放在干燥处，等农闲用于搓绳。

因为茅草绳结实耐用，编柴帘、编网包，需要包包扎扎的地方都离不开它。

父亲曾告诉我，在祖父英年早逝后，家里一贫如洗，祖母就带着他们弟兄三个割茅草搓绳。每天白天到生产队里上工，晚上一家人就坐在煤油灯下搓绳，一晚能搓个两三斤，坐得腰疼、屁股疼，搓得十个指头都僵硬弯不起来。每到逢集，父亲弟兄三个一起去卖绳，一角钱一斤，十斤才卖到一元钱。

提到搓绳，庄上人没有一个不知道，余四奶奶搓的绳最好：粗细均匀，松紧适当。余四奶奶个头矮小，身体单薄，说话细声细语。她一年四季不出门，一张板凳一捆草，安安静静地搓绳。从白搓到黑，从杨柳绽绿搓到雪花飘白，她搓老了岁月，岁月也搓老了她。

离我家不远的小霞爷爷也搓绳。他是残疾人，双腿瘫痪，村里人背后都叫他"刘瘫子"。他走路全靠手里两个矮凳，凳子挪一下，屁股坐上去，算半步；再挪一下凳子，屁股坐上去，才算一步。小霞爷爷人瘫，精神不瘫，说话响亮幽默，远远看到我们小孩子就打招呼。很多时候，我放学回家，都看到他在门口搓绳，屁股后面一圈一圈的绳，堆得厚厚的。搓绳这活儿，让他和正常人没有两样。

有时候，母亲冬闲时，会在家里搓绳编绳包。我也学着搓，把几根茅草平均分成两半，根部先打个结，然后，放在掌心使劲搓。因为手小，用力不匀，茅草在我的掌心跳上跳下，母亲看了说，这哪是搓绳，是茅草在你手掌心里跳绳呢。

时光碎片

一、小秃子

也许是四岁,那年夏天我头上生毒疮,头发被剃得精光,成了个小秃子。父亲用一辆老牛车带我去村里诊所打针。路两边都是农田,那些种田人都认识我那做老师,能唱戏,还能帮人家写对联、上梁、祝寿、写匾的父亲,他们像关心自己孩子一样关心我这个小秃子,总要问几句"上哪去""宝宝什么玩意"*之类的话。我坐在车子前面大杠上,没有难为情的意思,甚至还有些"焦点"感(看样子,俺小时候,就有极强的表现欲)。

诊所的唐先生是父亲的朋友,一说话就有个大银牙露出。他叫我趴在父亲的腿上,对我连哄带吓,一不留神针头已戳进我的屁屁,胀胀的,一个棉花酒精球摁住,阴凉阴凉,紧

---

* 方言,表关切孩子之意,"什么玩意"就是"哪里不舒服"的意思。

张的肌肉更紧了,说不出地疼。打针后,先生还开了一大瓶外用药水,每天傍晚,做事摸索又爱干净的祖母为我用药水洗头,边洗边怨,她不是嫌我,是嫌疮。

到现在母亲也说不清我头上害的到底是什么疮?但我依稀记得那药水的味道——刺鼻刺喉咙。

二、摘菱角

老屋的门朝南。东西庄。前面是一条路,路前面是生产队里的一块农田。后面是一个大池塘,祖母称它为坞子。我家的吃水、洗濯全靠它。

每年秋天,池塘里面的菱角长得密密麻麻,叶挤叶,一撮一撮疯长着,似乎要把池塘盖满。到了中秋节前后,菱角饱满的果实,就诱惑着我们的馋虫。采菱人不是别人,正是水性很好的父亲,他坐在家里唯一的大椭圆澡桶里,以桶作舟采菱角。他一面小心翼翼保持着"小舟"的平衡,一面低头翻动成熟的菱角。

急切的是我和弟弟,还有邻家的两个娃。父亲却不急,一颗一颗将菱角摘下,放进木桶,桶周边的菱角摘干净了,再往前划两下,只要"小舟"稍微晃动一下,我们就跟着尖叫惊呼一下,生怕"小舟"翻掉,父亲和菱角一起掉到水里。小小的我,那时最想和父亲一样能下坞子去摘菱角,可惜,一直没这个机会。

菱角采摘后,母亲会分成好多份,送给几家要好的邻居。那菱角雪白的果肉,生着吃甜而嫩脆,煮熟吃粉而糯绵。

六岁那年,因新洋港加宽,老屋拆迁,我家搬到东河庄子上,旧房子和老坞子也被埋在了大堤底下,父亲坐木桶摘菱角的情景便成了不能复制的记忆。

三、小怀子

东墙头邻居姓胡,他们家两个孩子年龄与我和弟弟相仿,但因曾祖母那一代的关系,他们姐弟是我的长辈,我从来不知。他家大女儿小名小怀子,人长得一般,成绩却很优秀,一九八几年就考上中专。我上高中时和她通信,称呼小怀子"姐姐",她妈妈知道了发笑。后来告诉母亲,我才明白里面弯弯绕绕的复杂辈分关系。

小怀子卫校毕业后做了一名国企的厂医,不几年,厂子破产了,自己创业做医药生意。没想到的是她父亲早早离开人世,小怀子的爷爷奶奶都活到八十岁以上,前些年才相继离去,白发人送黑发人,乃人生一大憾事。后来,祖母告诉我,小怀子的父亲不是爷爷奶奶所生,是抱养的。但她爷爷奶奶对他们都很好。小怀子父亲去世后,两位老人在城里唯一的女儿常把他们接回家照顾。听祖母讲,这个女儿很能干、很漂亮,年轻时做过采购员,大江南北地跑,常让我心生羡慕。

前些天下乡，小怀子的母亲正在田里摘棉花，一个大屋子就她一人住在里面，拆迁后，我祖母的小屋就紧贴她家屋后，还在。小怀子弟弟已进城打工并在城里安了家。小怀子母亲看上去精神很好，现在，里里外外全靠她一人了。

四、送鸡蛋

送鸡蛋这件事，弟弟说他也记得，这样说，我至少有五岁了。那年油菜花开得正盛的春天，和我家西墙为邻的是姚家，姚家奶奶和祖母关系非常好，人也善良，两家的关系胜似亲戚。一天中午饭后，母亲在我家与姚家交界的油菜田里发现了七八个鸡蛋，母亲断定，这是姚家尚未懂规矩的小母鸡生的，母亲用葫芦瓢捡回并送还。对那只装满鸡蛋的瓢，我一直印象很深。其中的细节我已不详，但我不知道自己为什么会一直记住这事。很可能当时我们两家都想不到会有这样的事发生，所以"反响"较大。也许，我以为母亲也可以将鸡蛋不送姚家，带回家给我们吃也无人知晓，但母亲没有这样做。

五、换烧饼

在童年的岁月里，我的零食虽不高档，却很丰富。田里长的萝卜、山芋，炒熟的花生、瓜子，夏天各式瓜果，没有一样是需要用钱买的。但想吃烧饼可不那么容易。

生产队里有一户打烧饼的,姓孙,是祖母的同族,按辈分我们称他舅爷爷。住西河的西岸,离我家有三里路。烧饼不一定要用钱买,可用小麦换。那时小麦也很精贵,要换面粉还要留种。我们也不能经常吃烧饼的,只有等考试高分或家里来客人,母亲奖励我们或招待客人时才有机会吃到烧饼。

换烧饼要趁早。天蒙蒙亮,母亲把我叫醒,从洋坛(陶罐)里用量米的升子*,量出一斤小麦放进米箩,左叮嘱右叮咛:慢慢走,小心漏洒了麦子。去换饼的脚步是小跑式的,挎米箩的手臂走不多远就发酸,忍着。一斤小麦可换六张饼,饼从炉里出来,是两面金黄,饼面洒上脱皮的芝麻,闻闻就香啊!回家的路上,挎箩的手臂不觉得酸了,每次换饼回家,母亲宁可多喝两碗粥,也舍不得吃一张。她把吃不完的放进我们书包,说上学后等肚子饿了吃。母亲看我们有时馋了念叨着烧饼,她就在家里灶上摊饼给我们吃,里面放点葱花,拌点盐,两面用油煎后,也十分香。后来,打烧饼的舅爷爷生了一场病,庄上人也就再也吃不到这么原始地道的麦香烧饼了。

---

* 一种旧时民间称量粮食的木制器具。

理发师

在曾经被叫作剃头匠的年代，剃头的师傅们笑容谦卑，话语极少。他们自称是伺候人的手艺，混饭吃。剃头匠不用租门面，堂屋里摆张很普通的木椅子，来客坐下就可剃头，一张椅子总是被磨得把柄发亮，光滑如瓷。磨刀布的一头挂在锁扣上，以便随时磨磨刀刃，工具袋里还有一个圆圆的细竹筒，里面有竹子做的耳耙子、耳刷子，精致得很，有客人需要才拿出。

小时候，我头发长了，母亲说："等有空，去把头剪剪。"一般是星期天下午，我跟母亲要两角钱，到朱聋子家剪头，朱聋子又聋又哑，交流只能靠简单的手势。我一进他家，他就知道我是来剪头的。先洗头，再围上一个围布，就开始剪发。剃到后脖子时，朱聋子就用那种带大嘴巴的老式剃头夹，剃的声音像小猫在偷嘴，叽叽咕咕的。剃头夹若一贴近皮肤，一阵凉，还有些痒梭梭的，很难受，我就缩起脖子，歪着头想笑,却笑不出声。剪完后,解开围布,像是告别了一段时光,深深呼吸一下,再将手里一直勒住的两角钱放到他家桌上,就直奔回家。

初中时,到镇上就读。学校对面是镇上第一家专业理发店,我去理过发,那时我有意不说剪头,说理发,说剪头就好像很土了。在十五六岁的年纪,我有点像导体表面的电子,拼命在挣脱乡村,又始终无法挣脱,语言里总是混杂着乡村的特色。我忘记了我的皮肤里、发梢里、血脉里一直都在沐浴着乡村的风和雨。

理发店里的椅子是高背的黑皮革椅,三四张一字排开,每张椅子前是一面和人差不多高的镜子,镜子前是一溜玻璃操作台,上面是理发用具和花花绿绿的瓶啊罐啊,玻璃台下电线缠绕,牵拉着各式吹风机、卷发帽,还有烫发的工具。墙上贴满了美女的形象画,个个都皮肤白皙、发型时尚、青春美丽,我曾经以为理一次发,我就会美成她们中的一个。那个尖下巴的男理发师,手艺很好,生意就好,娶的老婆也是标致的镇上人。店里有三五个徒弟,脚步总是忙碌。每当我去理发,男理发师总是很热情地笑迎我进门,如果他手里在忙着,他会先问问你想理什么发型,或对着我的脸左右看,那双小眼睛里像有些不怀好意。为了跟墙上的女人一样美,我就大方地跟他说,我想理个学生头,或画上的阿姨头。

社会上有很多种流行,应该说,一般流行大都是从"头"

开始的。如今，剃头匠的手艺和时光已一起被乡村收藏，集镇的理发店里总是有着莫名的混杂的化学味，理发师大都是很传统的中年男人，像是在固守一种职业，也许只是为养家糊口；城市的发廊里那些留着一头长长的白头发或红头发，抑或像狮子一样金黄色头发的小伙子，做发型的美女们不知从什么时候开始称他们为老师。他们讲一口流利的普通话，声音柔和，告诉你你是什么脸型，告诉你现在最流行的发型，告诉你哪种发型非常适合你的气质，还告诉你他们用的进口药水对头发无伤害，最后告诉你带一串"8"的价格，价格高低根据自己的承受能力。美女们照照镜子，再看看手上的新发型画册，算计一下钱包里的票子，淡淡而自信地笑。默认了设计，默认了价格，躺下、闭上眼睛，有跑堂的小伙子给洗头。厚厚的毛巾包起潮湿滴水的头发，坐在迷离的灯光下，头发揉干，理发师潇洒地拎起几缕头发，对着镜子琢磨几秒钟，就从腰间的工具袋里摸出一张薄薄的刀片，在头顶或耳畔下了第一刀，动作娴熟得夸张。

屋内的音乐一直在香水味里环绕，椅子里的美女们享受着音乐，享受着理发师轻柔的动作，并期盼着新发型带来的动人时尚……

那年那味

父亲是村里有名"写大字"的。年前几天,他必忙于接待每一位请他写对联的远近乡邻。我跑前跑后会为父亲递水洗笔,乐此不疲。家里条台上、堂屋地上铺的都是长短不一的对联。那时,我从对联里能感知对偶的句式,比如"辞旧岁"对"迎新年","百福"对"千祥";也能读到一句半句的人生哲学,比如"自己动手,丰衣足食"。

每到过年,也想把自己打扮一下,就跟母亲要两角钱,到村头杂货店里买两尺红绸子。第二天,扎个蝴蝶结飞奔庄上挨个人家去拜年。杂货店柜台很高,里面有一股好闻的洋油味。

年前年后,我们小孩都不敢瞎说话。东西吃完了或没有了,千万不能说"没得了",要说"满了"。我这个快嘴子,不知为此忍受了母亲多少白眼。

大年三十下午,父亲忙完琐事,就早早烧一盆热水,为我和弟弟洗脚剪指甲,穿新袜子。爸爸做这些时,似乎有着强烈的仪式感,一年也只有这一天,我们能享受这特殊的"父爱"。

年夜饭,恰如过年的序幕。也像是祖母和母亲两个女人的一出重头戏。桌上必有肉圆、芋头羹、青菜豆腐汤。祖母说,芋头羹吃了到处遇好人,我信,就吃了。祖母说,青菜豆腐汤保平安,我也信,就喝一大碗。吃到最后总是撑着。但不许汤泡饭,说吃汤泡饭出门遇雨,这我就有点不大信了,但也不违背祖母的好意。

年夜饭后,母亲会为我们全家每人准备一份糖、果子、柿饼等"开口"之物。大年初一,鞭炮一响,说话之前,先吃块糖或果子或柿饼,预示新的一年必将甜甜蜜蜜。这些准备好的开口之物,就放在我的枕头底下。这一晚,总是带着说不清的激动,闻着甜蜜的果香,钻进晒得暖烘烘的被窝。

大年初一才是节日的高潮。对于我们乡下孩子来说,"跑年"就是最快乐最具年味的核心内容。三十晚上,要试穿新衣服,尤其是鞋子,不合脚可不行。最重要的是新衣服要有口袋,我和弟弟会估摸一下,所有的口袋能放多少糖果。庄上几十户人家,糖果瓜子肯定放不下,请祖母为我们准备两只小塑料袋。那时,塑料口袋都是装两斤白糖印有双喜的小袋子,袋子被祖母洗得干干净净,我们把它折叠得整整齐齐,带着，准备去拜年！第二天拜年结束，小塑料袋已是满满一家伙糖果瓜子花生，我们把瓜子花生放在一边，先要数一数跑年"跑"来了多少块水果糖。我记得，每年弟弟总比我"跑"得多一点，他是男孩子，又比我小，跑年占有明显优势。糖果不止数一遍，生怕数错似的，数过几遍后，我们各自保存，或挂屋梁或藏深坛，作为一个春天的零食口粮，总能吃到油菜花香的季节。

大年初一，我们家也要准备糖果、花生等待上门来跑年的孩子，可是，爸爸是老师，村里有好多孩子不敢到江老师家来，走到我家门口，知道是江老师家，脖子一缩，头一扭，小跑一般溜走了。

小芹

六年的小学时光,我已记不得几个同学的名字,却怎么也忘不了小芹。

小芹比我大一岁,是我家邻居,我们从小几乎都是一起上学、放学。她有一个妹妹、一个弟弟,全家的日子仅靠田里的那点收成,过得很清苦。虽然我从小就知道钱是好的,但很多时候我却没有钱,哪怕是一分钱。只好常常对着学校西墙前的生意担子发呆,支棱着下巴,盯着五分钱一块的泡泡糖或是三分钱一块的芝麻糖。开口跟父母要钱,真是一件折磨人的事情。面对严厉的父亲,得提前两天想好非常充足的理由。父亲把钱总是锁在书桌中间的抽屉里,他几乎从不主动给我零花钱,直到我上初中在学校住宿,每次返校时,他才不得不打开那个抽屉。

小芹却胆大而有心计。每天中午上学时,她先看看鸡窝里有多少只鸡蛋,三只以上,她就偷偷拿一只放在口袋,来到村口小店。我记得一只蛋最高可兑换七分钱，小一点儿的换六分钱，把换来的钱买东西吃。我当然知道"偷"东西不好，也有些看不起她这样做，但我竟难以拒绝填补饥饿、享受美味的诱惑。她每次总要与我分享，"行贿"式的。我心里有数，常常主动给她作业抄，但小升初那年，最终考试还是没能抄及格，这让我一直感到有些内疚。

小芹外婆的村庄紧靠我们村的东南首，两村紧挨着却隶属两个县。上五年级的那年冬天，小芹听说她外婆庄上的棉花地里有脚花（摘剩下的较差的棉花）可摘，脚花可以到收（棉）花站卖钱。那天中午吃完饭，她带上她妹妹、我，还有班上两名要好的同学，就往六里地外的棉田走去。果然，大片的棉花地里，被采摘过一遍又一遍的棉花秆，枯瘦地裸露着，有零星的脚花紧偎在干瘪的硬壳里。农人的忽略，使我们几个孩子兴奋不已。我们迅速隐入比我们还要高的棉花秆之中。北风吹过，棉花秆发出阵阵枯索的声音。直到太阳西下，我们仍有些依依不舍。但是我们必须赶在棉花站下班前把我们的劳动成果兑换出去。

棉花价低贱得就如棉花本身。总共卖了六角钱，平均一人一角两分钱。我们想请棉花站的阿姨把钱分成五份，她不肯。还是小芹有办法，她先到小摊上给妹妹买五分钱发夹，请摊主分开找零。就这样，我得到了平生第一笔自己挣来的一角两分钱——两枚亮亮的硬币和一张黑皱的纸币。

怎样花掉那一角两分钱的？现在我已没有一点记忆。时光，也是被我们不经意便撒落的硬币。

小芹小学毕业没两年，就跟着村里的其他两个姑娘去苏州打工了。她在一家指甲钳厂当工人，每次回来都会带好几个奇形怪状的指甲钳给我，有一只绿青蛙的指甲钳可爱而精致，我百般喜欢。一次，她从苏州回来过年，还送给我一张她在苏州景区拍的照片，穿着很洋气，美得像电影明星。我看了又看，恨不得也跟她一起去苏州打工，去看看外面的世界。

疏远的记忆

我对外婆的记忆不如对祖母深，也许是近二十里的距离产生的疏远，儿时少有机会去外婆家，除了春节拜年或是舅舅家做什么大事。外婆也很少到我家，一年也难得来一次。

外婆生两男五女，小舅十四岁下河游泳溺水身亡。我母亲排行老二。在祖母眼里，外婆是一个"讲道理，不护短"的人。祖母和母亲吵架惊动外婆时，外婆从未帮母亲说过话，有时还会训斥自己女儿的坏性子。外婆对祖母的尊重换来了全庄人对外婆的尊重，庄上的婆婆们都知道外婆，她们羡慕祖母有这样的亲家母。

在她的女婿里，外婆最喜欢我父亲，因为父亲算是其中最有文化的人。父亲每月拿工资，外婆对我们家的生活也就多些放心。但母亲一直怪外婆宠坏了父亲，父亲的麻将就是在外婆的庄上学会的。后来母亲常为父亲赌钱生气争吵，半夜里的骂声很重，我们被吓醒过，还偷偷在心里帮母亲骂过父亲。

我到镇上中学上初一那年,一次,母亲叫我趁中午放学时间去外婆家拿蔬菜种子。外婆家离学校不到十里路,到了外婆家,她已吃过饭,又为我的突然到来高兴地忙着烧菜;我饭还没吃完,她又从屋梁上取下一个小布包,里面是她平时收集的一粒粒西瓜籽,她忙着洗锅炒西瓜籽给我带回家。记得长这么大,就是那会吃过一次地道的西瓜籽。对外婆的记忆,都烙在了那年那月西瓜籽的浓香里。

外婆因为孩子生得多,日子又艰苦,落下了严重的肩周炎,似乎没有好方法,就用农村偏方麦麸和铁屑炒热捂住痛处。外婆疼痛时那一脸的痛苦和呻吟常在我脑子里回放。

我初三毕业那年暑假,外婆胆囊炎发作。那时,正是农村大忙季节,母亲为不耽误农活,派我去照顾外婆,在舅舅家帮着洗衣做饭。外婆那时吃得很少,每天早上,我用开水冲一碗稠得发黑的藕粉给她吃,其他再无更好的营养品。她那时已被病痛折磨得很苍老了,吃什么都很慢,喝口茶似乎都很吃力,大多数时候,她总是躺在小床上闭目不语,偶尔,听到她无力的一声类似呻吟的叹息。我和外婆说话很少,完成家务后就和表弟去玩,我不以为,那年夏天,外婆就会永远地离开我们。

外婆去世时,我没有流泪,也许我那时还不懂得伤悲;也许我把这个与我血脉相连的老人和祖母做对比,一种亲情的疏远淡化了伤悲；也许，我因为和她相守了她生命中最后一段时光，内心有莫大的慰藉。

  再忆外婆，我无法具体地讲出一个有关她的故事。我只能忆起她那慈祥的面孔，我想我的五官里一定有她的影子，因为，我像母亲。

与蚊子抗争到底

夜三更,被蚊子咬醒。迷迷糊糊、浑浑噩噩从抽屉里取块蚊香片插进蚊香器,接上插座,就不再怕那些凶猛的、胆敢飞上六楼的蚊子。

与蚊子的抗争要追溯到哪一朝?我没见过什么史料。但童年的记忆里,我们从没放弃与它做的各种斗争。

蒲扇与蚊帐

农家对付蚊子的常用工具就是蚊帐,蚊帐的纱眼很密,挤不进一只蚊子的嘴,但也进不去一缕夏夜的凉风,帐内就有一把蒲扇,要在帐内扇风赶清蚊子。我们睡前,母亲每晚都要到帐内追灯视察,最初是罩子灯,再后来是手电筒,帐内各个角落找遍,才放下帐帘,并把帐子底边顺压进凉席,保证那些"恐怖分子"无可乘之隙,她才放心去睡。

那时,我最喜欢帮母亲洗蚊帐,蚊帐泡在大澡桶里,不用手搓，用脚踩。细纱的料，踩在脚下，痒痒又丝滑，快乐极了。

小时候，最疼爱我的祖母说我"尖啜"*，我想也是。家里的蒲扇都被我写上名字，我自己先挑一把扇面褶皱均衡、扇叶轻薄、手把细长的给自己，我敢说弟弟一点也不知道这里的秘密。祖母是个"仔细"人，每把扇子她都要用碎布料绲个边，祖母没有老花眼镜，穿针的活，就唤我。

柴帘

父亲每年都要编柴帘，到夏天就要挂在门外，成为杜绝蚊子的一道屏障。柴帘是用河边长的芦苇，去膜，在有十几个线标的木棍上一根根加编制成。父亲先要把编绳扣在拳头大小的砖块上，加一根柴，就翻转那些扣绳的小砖块，并放下一小段绳子顺势绕转一圈。就这样无数次的重复，直到柴帘的长度等于门堂的高度。

挂门帘也是有点学问的，一根绳一端扣住门帘，一端和堂屋横梁上一个重物连接，以重物的力量牵拉住门帘紧贴门墙，让身小的蚊子找不到缝隙。白天，门帘卷起，一个铜钱为扣，横卧门上；傍晚，大人就远远催促：把帘子快点放下

---

* 方言，指一个小孩在日常小事上表现出的精明，带点小机灵，但又不是大人那种特别算计的精明。

来！我搬个小凳，踮起脚，把那铜钱扣取出，门帘展开，西霞正漫天。

蚊香

用上蚊香，时间不算太长吧。在这之前，乡间的孩子，有更多的驱蚊快乐，池塘里的蒲棒，像女人卷发一样的玉米须子晒干点燃，蚊子也不敢再靠近。我和小伙伴们常手抓点燃的蒲棒在小路上东窜西跑，把那点点光亮连成火串，在乡村的夜晚叫嚣着。

蚊香盘成环，慢慢分一瓣出来，母亲还要为猪圈里的猪点盘的。母亲可舍不得这个畜牲被蚊子咬得全身疙瘩，还指望它在秋季多卖几个钱。

尽管与蚊子的抗争一直进行着，但儿时的我浑身上下还是被蚊子咬得红一块紫一块。坐在树荫下没什么事，就和弟弟数腿上那些血迹模糊的红疙瘩，看谁多。

战争还在继续。

现在，超市货架上杀蚊子的灌装喷剂、盒装的杀蚊药水、蚊香片应有尽有。电视里的广告做得夸张又较劲。

这是一场有趣的持久战。

初滋味

八岁那年夏初，伺候我们也伺候庄稼的母亲，把猪圈门口一小块地整平，从邻居家移回两棵小瓜苗，栽到田里，瓜苗嫩芽嫩叶，楚楚可怜。

上学前我向它告别，放学后为它浇水。母亲说，两个月后才可吃到小瓜。因天天看，总觉得瓜长得很慢。但十天后，苗叶的经脉明晰似网。不知不觉间，曾经的芽又长成了叶，上端两片对称的叶间又冒出新芽，一天一天，苗侧着身子开始了自己前进的方向，渐渐地，衍生出的瓜藤向四方延伸……

一天早上，我端着水瓢为瓜浇水，离瓜根不远的叶片下面，露出一朵小黄花，像矮子打着个小伞，特别显眼。我不禁大声叫起来，噢，开花啰，开花啰。母亲闻声跑过来，我兴奋地指着花给母亲看，母亲以为我去摸花，连忙说，不能摸，一摸就不结瓜了。我又查看另一颗瓜开花没有，没开，问母亲,两颗瓜是同一天种下的,怎么一颗开花一颗不开呢?母亲说,岁同命不同,没到时候呢,哪有不开花的瓜?

瓜开花后,我看得更勤了。有时,就捧着饭碗守着它吃饭。几天后,一个细细的瓜纽出世了,全身毛茸茸的,纹络模糊,它静静地躺在瓜叶下,像个刚喝足奶正甜睡的未满月的婴儿。

我的小手不知悄悄抚摩过多少次细小的瓜身,心里也不知偷偷说过多少遍"快快长大"的话。

不久,瓜藤上结的第一个瓜有七成熟了,我们缠着母亲要吃。母亲有些不舍,为了把"馋鬼的一口唾沫咽下去",想想迟早也是我们吃,只好在我们缠紧的臂弯里点头同意。瓜并不大,我双手捧在手里,能掂出它的重量,沉沉的。我和弟弟一人半截,母亲不肯吃一口。

二十多年过去了,瓜的初滋味仍清晰刻骨,脆生生、甜津津,只是舍不得弃去的瓜梢,留有丝丝清苦。吐舌,让它随风散去。

小龟爬上手

"吃鱼哪有取鱼乐。"小时,最喜钓鱼。三年级那年暑假,我开始学钓鱼,才开始跟在爸爸后面学,帮着挖蚯蚓、打食、取鱼,再后来,就单独行动,无须大人的帮助了。

自己独立行动,得从准备钓鱼竿开始。

钓鱼竿须用一根长短、粗细适中的竹子制成。生产队里有几户种竹子的人家,父亲或母亲放工后跟家主打个招呼,选一根即可。竹子选好了,我还要到邻村新乡站(供销点)去买鱼线、鱼钩。鱼钩有两种:一种是铜制的,一种是锡制的;铜的,价格较贵,色泽好,在水里闪闪发光,易诱引鱼儿上钩;锡的质地轻薄,不小心就会被拉弯。当然,到底是买铜的还是买锡的,全看父亲给的钱数了。

有时,为了省钱,我在母亲的帮助下,自己制作鱼线、鱼浮子,只要花点钱买把鱼钩就行。鱼线是母亲在化肥口袋上拆下的封口线,那线耐磨但有点粗,得再分股变细。制作鱼浮子的材料有两种,一种是鹅毛中间那根透明细轻的管子,把翎一片片撕干净,用剪子把它平均剪成米粒大小,可做浮子用;另一种是用家里穿旧的废拖鞋的泡沫底,因为它质轻又不花钱,很容易找到,在没有鹅毛的时候,它便成了替代品。想起这些,我就会想起家里那把老剪刀,生锈、活络,常常不小心就夹到手指头,钻心地疼,咬咬牙手甩甩就拉倒,好像要把这疼吞进肚子或甩出去。母亲说我们钓鱼全是"上翘",所以钓不着,也没关系。钓得多可以煮咸烧汤,祖母总是一边处理鱼,一边高兴地说:"今天小龟爬上手了。"我们听了总是洋洋得意。

钓鱼是我小学暑假中做得最多的事,一年新学期,老师出的作文题是"发生在暑假中的一件事",我命题《钓鱼》,获八十分呢,老师还给了批语,大致是说文章内容生动、细节描写好。在我稍大一点时,对河邻居家的两个伙伴,常常还去掏龙虾、摸螺螺,我也曾跟他们去掏过龙虾,但找不好龙虾的洞,说不准里面是一条蛇呢,所以跟着玩,不敢掏。摸螺螺的事只能在夏日父母睡午觉的时候偷着干,母亲知道我们姐弟水性不好,不允许我们下水。

钓鱼是乡村孩子再普通不过的娱乐运动了。一大早,草堆脚下挖蚯蚓,闻闻,是香蚯蚓的,就装进火柴盒或小药瓶子;早上来不及吃早饭,先拨开露水重重的柴草到河边打食塘;太阳上来,戴个破凉帽站在河边一动不动,鱼浮子一动,心猛地一提,那是鱼儿快要上钩了……

十里上学路

小学毕业后,我到镇上读初中,和乡级中学相比,镇中心学校教学资源相对较好,父亲希望将来我能考个中专,借以改变农村户口的命运。

我家离集镇有十多里路,那时唯一的交通工具是一辆老式自行车,从家到学校要骑半个多小时,每天早上五点起床,六点前出发。先要走一段弯弯绕绕又坑坑洼洼的乡间土路,然后才到较为宽阔平直的马路。

那年我十四岁,个头不高,腿短,而老式自行车车座高,一脚我都跨不上去,总是右脚先蹬几下,左脚再放到脚拐子上,就着车速的惯性骑上自行车车座。每天上学、放学,两个来回,屁股磨得腌人疼。从小到大没吃过这个苦,母亲很是不舍,父亲想让我住校,但初一新生学校不安排住宿,要等一学期。我只好咬咬牙,每天独自骑行在这段艰难的十里求学之路。

开学不久渐入深秋，昼短夜长，早晚凉。早晨五点多出发天还未亮，田间小路，又窄又颠，路两边的黄豆叶、棉花叶上露水正浓，没骑多远，裤管被沾湿大片，丝丝凉意浸透肌骨。农田间少见人影，路上也未见上学的学生，方圆几公里的庄稼密密实实地站满大地。黑擦擦的村庄，出奇地静，这种静让人心生恐惧，生怕庄稼地里突然冒出个鬼影。我多么希望能有个伴，可我们班就我一人去镇上读书，父母更不可能送我上学，只能脚下用力、壮着胆子往前赶。骑到大马路时，路宽了，车速也快了，小心脏才平静一点。

最怕遇上下雨天，田间小路泥泞不堪，歪歪扭扭骑过去，车子不像个车子，人不像个人，到了大马路边上，不得不停下来整理一下车子，路边找个小木棍，先撬开车轮上的烂泥，再跺跺脚擦擦鞋上路。途中水泥板子的桥有好几座，桥两边也没个扶手，一会儿要下桥，一会儿要过坝，一会儿还要摸摸压在后座上的书包在不在。路再难，人再慌，要命的书包不能丢。如果上学遇到顺风，那真是幸运，就一路唱着歌前行。

这样的骑行，大约坚持了两个多月。冬天来时，不料我脚底害疮，肿痛生脓，骑车困难了。为了不耽误学习，只能在校医务室治疗脚疮。幸运的是，父亲找到同村的一个姐姐，她已上高二，我可以和她共宿一床。姐姐曾是父亲的学生，把我当妹妹待。我自觉帮姐姐打水，主动打扫宿舍，每周我们还一起结伴回家。学校的小木板床，和田间的小路一样窄，我们同睡在上面，姐姐胖胖的，我也不觉得挤，被窝里很暖和。

太平天国

我们总是一起上学、放学。我八岁,你九岁。你说,我们玩个游戏吧。玩什么游戏呢?你说"太平天国"。

"太平天国",一个怎样的政权?小小的我只能借这四个字的本意想象一通:这个政权一定很太平、很富有,那里的小孩一定白白净净的,大人们也一定都穿得体体面面的,过着神仙般的日子。

放下书包,在你们家田头找一块干净的地,两块手帕大。你随手找来两根小柴棒,一人一根。我们跪在地上,面对面。你先画一个框框,四条边似乎一样长,或许也不一样长,并让我也跟着这样画。四根线条的框框,画不好也不要紧,小手在地上涂涂,重来就是了。画好大框框后,又在上下、左右两边的中间各画根连线,这样一个大框框便变成四个小框框。

你先讲游戏的玩法,你说,这四个小框框是用来写字的。

我们出"石头、剪刀、布",谁赢了就在小框框里写一笔,按顺序把"太平天国"四个字写进去,谁先写完,谁就算赢。

我们一手拿小棒,一手忙着出"石头、剪刀、布",谁赢了,就在框框里写一笔。没有必胜的信心,没有奖励的诱惑,赢了就赢了,输了就输了。偶尔,我赢了,该我写一笔,一激动我多写了一笔,你说,这不行的,只能写一笔。我就自觉把多写的一笔擦干净。一盘完了,再画个框框,又是一盘。黄昏的时光变得有趣而丰满,写下的每一笔,都是胜利。

天黑了,我们掸掸裤管上的灰尘,背起书包回家,地上框框里有我们未写完的"国"字。手里的小棒棒怎么也舍不得扔,拿在手上,宝贝似的。

声音流淌的四季

春天的早晨,阳光驱尽寒意,家屋门前的空场地,起早的母亲忙开了,大扫把在母亲怀前扇形打开,循环起落,沙沙,沙沙……有时,母亲不忘亮起嗓门和对河的桂姨聊几句天气,说些农活的进展,再穿插一下与过路的人招呼——"吃早饭呢?上拉哈*去啊?"

院子里晾衣绳上麻雀叽叽喳喳欢呼跳跃,家里的自鸣钟"咣当"一声,厨房山墙上的广播喇叭里响起了固定不变的音乐,中央人民广播电台《新闻和报纸摘要》节目准时开始。那是乡间最神秘也是我最神往的声音,并带有浓郁的崇拜色彩。我们的世界太小了,一个木头匣子里却装满整个世界。

夏日的黄昏,不知疲倦的蝉越叫越欢。灶间里,勤快的孩子锅上锅下忙着,一锅玉米糁子粥即将煮熟,再燃火烧一

---

* 方言,意思是"哪里"。

锅滚热的洗澡水，满满的齐锅沿。划火柴，细轻的摩擦声记录着一餐一饭的幸福。灶膛里火苗汹涌，"噼啪"的碎裂声清脆悲壮。忽听锅上有闷闷的"呼噜"声——粥潽了。摔下火叉往外奔，掀锅盖，沸腾的一锅粥如潮水突涨，呼呼而上。加瓢冷水，铜勺子在铁锅里搅搅，灶膛里的火势正带劲呢。

鸡鸭归巢。"啄、啄、啄……"隔壁唤鸡的胖奶奶抓把米在点数；少了一只鸭，"怨、怨、怨……"听起来像似"咚——嗒嗒"的乐拍。陈三爹在芦苇棻里唤鸭呢，左手一葫芦瓢秕稻谷上下跳跃，右手一长竹竿扒开河岸边浓密的芦苇，苍老的声音有着急切的埋怨也有焦虑的爱意，就像母亲唤着不知去向小儿的乳名。

赶集的四伯、走亲戚的五婶，一前一后骑在逼仄的小路上。四伯半旧的自行车在前，轴承里少了一颗弹子，摩擦出吱呀吱呀声。五婶的新车在后，响起一串悦耳的车铃声，炫摆着，催促着，热闹着……

秋天是伴随一两场九十月的小雨而来的。天黑了，躺在小木床上，听外面雨声稀稀落落，一阵急一阵缓，不由转个身，幸福地伴雨而眠。秋天的大地饱满而沉寂，露水滴进泥土，滋润就有了声音；黄叶飘零，姿势有了声音；蟋蟀失眠，辗转也有了声音。

秋日的午后，槐树下的孩子们玩起一种游戏，"石头、剪刀、布"，游戏总是以这句魔语开始的……

天黑得早了，农人的疲倦换得夜里深深的睡眠，一只黑狗低着头，白白的月光里它是孤单的，偶尔听到远处的动静叫上几声，一村子人打着呼噜，没有人在意它打破夜的宁静。

一晃，寒冬即至。母亲扎起了围裙，忙起了年活。找一块平整的木板，糊上糨糊，旧布碎料一块一块抚平，粘贴成骨子。剪刀在母亲的手里，骨子上是纸剪的鞋样，剪刀跟着鞋样走，声音短促而铿锵。

纳鞋底，是针牵引着线在母亲粗糙的大手里翻转，一根长线，"呼啦"一下，半粒米长的针脚；再"呼啦"一下，又是半粒米的针脚。鞋底很厚时，母亲的纽扣上挂着一寸长的塑胶软管，当镊子用，因为柔软，无声。

三九四九，村里的两条小河结上一层厚厚的冰。广播开始曲一响，母亲就睡不住了，她找了一根粗粗的结实木棍，在河边码头用力敲击冰冻。家家码头上奏着同样的曲子，"咚咚"声如小锣鼓此起彼伏，一天的洗漱、淘米怎能离开流动的水？真的冷。母亲的脸埋在大围巾里，我们醒着的身子埋在被窝里。

年关了，舂米面、蒸年糕，忙忙碌碌的身影，热气腾腾的对话；腊月二十四往后，送灶的爆竹声喧闹在漆黑的夜空，一年要结束了，一年又要来了，喜庆的鞭炮等待着正月初一开门引爆……

第二辑

顺潭港的忧伤

这个庄子越来越瘦,瘦得像一只长途跋涉疲倦干渴的骆驼。远不止是人瘦了,土地瘦了、庄稼瘦了、路瘦了、河瘦了、塘瘦了、堤瘦了、闸瘦了,连新洋港也瘦了,一眼就看到对岸的树和人影,就像一个人一眼就被看穿,说不出的失落。

猫咪粥

"猫咪粥"就是小孩子生下来三朝,主人要带亲戚及邻居吃的糯米粥。为啥叫猫咪粥呢?估计把小孩子当猫养,越养越体面吧。吃粥不是吃了便跑的,吃完后,要在碗底下压上个一元五角的,多少随人情往来和心意。

也不是但凡村里生个孩子,家家就都要去吃猫咪粥的。全去吃的话,要烧上几大锅啊?一般也就是请来亲戚近邻表个心意。但有些人家因为是单传几代生了个大儿子,就高兴,用木桶煮一桶,挑到庄上一户一户挨着送。

那天父母要进城办事,母亲临走时,交代我一件事,说:"今天唐家生的儿子要送猫咪粥,你在家里等,粥送来时,你用家里的大瓷碗装一碗,然后,把这两角钱给人家。"说完,就给我两张一角的小票子。

母亲走后,我的内心就翻腾起来:"一碗粥要两角钱?太贵了吧!我装着把门锁起来去玩,他们不就不来了吗?我就能省下两角钱留着自己用。"想想不能,母亲回来,不好交代。与此同时,我看到唐家的小姑和一个男的抬着木桶正挨家挨户地送,已送到我家对河的人家了,好像还给了一个红蛋。又想:"等他们来,我就给一角钱吧,这样,粥也有得吃了,还可以省下一角钱。"我跟自己说:"回来后,不告诉妈妈给的一角,留下一角还能买两支铅笔呢。"

不多会儿,送粥的就来了,粥稠稠糊糊的,很诱人。我把家里最大的大瓷碗拿出来,唐家的小姑为我盛了满满一碗,然后,从另一个袋子里,舀出一大勺子红糖放在粥碗里。就在我回屋取钱的时候,只听唐家小姑说:"给他们两个红蛋,姐弟两个一个人一个。"我一听,把本来已放在书包里的一角钱也赶快拿出来,跑出去,告诉唐家小姑:"这是我妈妈给宝宝的钱。"小姑接过一张,另一张却没拿,说:"不要这么多,给一角就好了,还有一角你买糖吃吧!"

肉圆佳话

"一身新衣服,上哪儿吃肉圆?"

"偏偏你啊,偶姑奶奶家儿子结婚呢。"*

一问一答。一答一笑。一笑两排白牙、黄牙或黑牙。

对肉圆,我们有着口水未干的记忆,先转讲一个父亲讲给我的故事。这个故事早已成为老家顺潭港的经典流传。

故事说的是一户姓陆的人家,家里有三儿一女,穷得叮当响。一天大儿子文喜到亲戚家出人情,回来后,父亲老陆问:"宝宝,你今天吃几个肉圆的?"文喜说:"五个。"老陆什么也不说,豁他一个大嘴巴子。文喜委屈地说:"要人忙得过来呢。"

父亲每次讲,我们都笑得肚子疼。我们笑文喜傻,十里

---

* 方言。"偏偏你啊"大致意为"我能吃肉圆去,偏你吃不到咯",有说笑意味。"偶"就是"我""俺"之间混音的音似字。

八村，识字不识字的，识数不识数的，哪有不晓得，在桌上吃肉圆，每人最多只给吃三个？！

故事里的主人公文喜，大集体时为队里放牛。三十好几才成家，娶了对河唐家腿有残疾的跛女儿。大人讲这个故事给小孩听，明显还带有现实的教育意义。

肉圆，在乡下人眼里，绝不仅仅是一道美味的菜。在物质匮乏的岁月里，它圆圆而油光的身子深深烙下了时代的烙印。至于是哪位高厨在哪个朝代发明了这道传世之菜，实在无从知晓。

出人情是乡下人穿插在各个传统节日里的另一种"节日"。"做事"时不管是喜事丧事，都十分讲究地按席围桌而坐，男人们端起酒杯，女人们客气地下筷，厨房里，大盆小碗，小碗大盆，盛着各色的菜肴。一道菜，二道菜……"八大碗"是一种特殊而体面的叫法，代表了那个时代的物质水准。肉圆一般二道菜上，被堆得像小山似的端上桌。"碰啊，碰啊。"*端菜的男主人双手用力托住一个放着两大碗肉圆的木盘，招呼着脚边眼馋的小孩，主人家是不会安排"跟路狗"入席的，小孩只有站在他爹妈或他爷奶身边，等着一筷子或一调羹的喂。喂一口出去玩，玩了一会儿再跑来。如果这种节日，缺少了孩子，似乎就不叫节日。当然，穷也有穷的顾虑，有

---

* 方言，指"别碰到啦，别碰到啦"。

些精打细算的主人，就担心做事的日子遇上星期天，满屋子的小孩招架不住。

每次随大人出人情回来，祖母都要认真地盘问："今天吃的什么啊，有哪些菜？"我会基本按上菜顺序一一扳着手指说菜名。祖母也跟着扳手指。有时实在想不起来，祖母就会提醒"有没有红烧肉啊？"……直到问得能竖起八个指头为止。当然肉圆仍是说不尽的话题，祖母会借题发挥，说三年前队里李家做事，肉圆太小，叫人一口一个；还说五年前一个远亲姨奶奶家做事，肉圆里全是米饭，望不见肉。我们这些孩子是不管这些的，只祖母记得住，说一遍忘了，过些日又会说。

肉圆的名字里因为有"圆"，就有了美好的寓意，也是一般人家节日里的常菜。日子好了，中秋、除夕，母亲一定会炸肉圆。这时我们就可放开肚皮吃，吃得小肚子也圆圆的。也有人称肉圆为"肉坨子"，我不欢喜这种叫法。后来，谁要长得肥肥大大没好相的，保定送他个诨名"肉坨子"。

跟路*

那年我九岁，上二年级。那天是国庆假期中，天阴阴地下着细雨，家住射阳南港四姨家的二儿子过周岁生日，母亲要去出人情。我不知被哪根馋虫逮着了，非要赖着跟母亲去吃"八大碗"。母亲先和我商量："今天下雨，妈妈去吃个饭就回来，四十几里路呢，你就不要去了。"我不认，犟着要去。母亲又哄我说："你不要闹，就待在家里，不带你就不带你，这个大雨天，跑那么远去吃一顿饭，能长多少肉啊？"祖母也在一旁劝我不要跟路，她晓得母亲的脾气，说不带就不会带的。

我瞅准母亲就要准备出发，便自作聪明地抢在母亲前面先跑，跑了不到一里路，母亲追上来了。本来以为这招肯定管用，可是，怎么也没想到，母亲把自行车一放，抓住我就打，

---

* 方言，指小孩赖着大人紧紧跟随。

先狠狠地对着屁股打,似乎不解气,又打脸。就当我捂着脸吓得号哭时,突然,手缝里有什么东西往外流,鼻子淌血了!

母亲慌了手脚,但嘴里依然没有停止气骂:"你这个细尼姑*!不听话,看你以后还敢跟路?"一边说,一边从口袋里拿出一条手帕,塞住我的鼻子,牵着我的手一起往回走。一路上,我不停地哭,母亲又劝起我来:"不哭,你再哭,以后什么地方也不带你去。"听到我的哭声,祖母远远地从家里急急跑出来了。一看到祖母,我哭得更凶了,我是祖母一手带大的,她怎么舍得我被打成这样呢?祖母来到我面前,蹲下身子,让我爬上她的后背,驮着我回家。

到了家,祖母帮我把脸上的血洗干净。只见她一边流泪,一边数落起母亲来:"哪有你这样狠心的?要打也不能打细小的**脸,打打屁股就算了,还打细小的头,打出个玩意的话,细小的要苦一辈子……"平日里,母亲是个很要强的人,但这天愣是被祖母凶着,没还一句嘴。后来祖母对我说:"你妈妈这个坏脾气,不跟我还嘴真是少有的。"血止住了,祖母把我抱到床上,和了一大缸子糖茶让我喝下,要我好好睡一觉,养养神。

以后,每想起这事,祖母总会笑着说:"你睡了一觉,起

---

* 方言,骂小女孩的话。
** 方言,指小孩子。

来就又蹦又跳的了,还吃了一大碗饭,我生怕你妈妈把你打伤了,一看你能吃饭了,我的心才放下来,到底是细小的,没记性。"

吃下午

"吃下午"是我们盐城东海人特有的叫法。就是在中饭和晚饭间吃一顿简餐。或饭、或粥、或面条疙瘩,或点心馒头。吃法比较丰富,一般都因日头长,农活重,做活的人挨不到晚,肚子就饿了,这时,吃点东西垫垫饥,就曰吃下午。

后来,生活渐渐好了。吃下午不仅仅限于田头干农活之人。我们放学回家,扔下书包,先吃个下午才做作业。记得一次放学到家,家里中午还剩下一碗饭,我和弟弟争抢着吃,祖母帮我们平分两碗,我们又为分多分少吵闹起来。那天母亲好像身体不舒服,听得心烦,跑到厨房,将一碗白米饭连碗带饭往门口场上甩去,吓得我和弟弟大哭不已,从此再不敢为吃争吵。

最难忘的是"送下午"。那是三春头上,父母忙着搬棉花苗的时节。我家有两块承包地,远的有一里多路,如果让父母来回吃下午,太浪费时间。每到大忙时,祖母提早烧好一盆"糕糊糊",等稍微冷却,用干净的毛巾遮住黑瓷盆,外加一把小勺子、两只碗和两双筷子，放置在一个大竹篮里，令小小的我将装着"下午"的大竹篮送到田头。祖母总是不放心，交代又交代：慢慢走啊，慢慢走，不要屏（洒）得了啊。竹篮还是有些重量的，拎在手上，手酸了，就用胳膊肘再拎一段，拎累了，再换手拎。就这样几个来回，终于走到父母劳动的田头。

一盆"糕糊糊"送到田头，父母把两只大泥手擦擦，坐在田埂边歇歇就能喝个两大碗。喝一口，擦擦汗，看看已搬进田间那些成行成行的棉花苗，喝一口，再问问家里鸡啊鸭啊的事情。吃完下午，父母要一直干到天黑才回家。

在大忙季节，母亲都要备各种吃食，一方面方便吃早茶和下午，一方面也是为了招待我家请来帮忙的人。割麦栽秧时，家里会包粽子、做面饼；秋天收稻时，妈妈会炸一小缸馓子，早晚用热茶一泡就吃，比煮粥方便，还耐饿。我们小孩只把这些吃食当零食吃，吃也不敢放开吃，我们懂事地知道，要把最好吃的留给干重活的父母。

深秋，祖母也会泡一钵红糖馓子让我趁热送到田头，给正在种麦子的母亲。母亲接到之后，总是先让我吃几口。她说："我不饿，你吃两口再给妈妈。"我们面对这样的"赏赐"，想拒绝也很难。在松软的田头，闻着土地翻新的泥香，面对着夕阳，分吃着母亲又香又甜的"下午"，便觉时光如土地一样安详，人世有着无边的美好。

小闸口

庄子上约有不到五十户人家，沿东、西河两岸有序而居。

庄子东边的一条河我们叫它东河，西边的一条河叫它西河。两条河的北端都和新洋港连接，连接处，分别修有一座门闸。闸就是门，门也就是闸。闸并不大，两扇厚重的石门，根据内河水流状况时开时合，有点像电影里的古城门。只不过，这闸门不防人、不防风，只防水。

祖母的小屋就在西河小闸口的边上。我家拆迁后，搬至东河南端居住，每次到祖母的小屋，必经西河的小闸口。闸桥是弓形，虽没有江南小桥的秀气，倒有江南小桥的灵气。小时虽未到过江南，而每每走在闸的桥面上，总是有俯瞰大地之美的"小阔气"。

闸桥宽约两米，两边砌有半米高的桥沿。放暑假，我和弟弟常住在祖母的小屋。白天，弟弟和邻居小飞一起在闸口边学游泳；晚上，太阳落山，大地的热气还在蒸腾，我们草草吃过晚饭,洗过澡,就摇着一把蒲扇到小闸口乘凉。不要带凳子,就坐在还有点烫屁股的桥沿上。

天黑下来后,小闸口的人越来越多。乡间没有舞台,没有宗祠,甚至分田到户后,队房也没有了。小闸口就是舞台,就是队房。有一次,生产队里要召开一次生产会议,队长鞭哨一吹:各位村民注意啦,晚上七点到西河小闸口集合开会啊。

靠小闸口最近的两家都姓胡。河东的男主人曾是队里的会计,肚子里有些墨水,有一定的见识;河西的胡老太爷是个读书人,能说书能唱戏。晚上,小闸口有他们两人在,总会有很多的乐趣。

胡会计滔滔不绝讲些乡间野史、民间传说。胡老太爷一本正经讲的都是书上的事,《三国演义》《水浒传》《梁祝》《红楼梦》,每天讲一小段,叫人听了都不想回家。喜欢听的人第二天早早来到小闸口,总是要留出桥上风头最好的地方给胡老太爷坐,等着听他评讲《三国演义》、细说《红楼梦》。我祖母也曾为我讲过"孟姜女""牛郎织女"的故事,讲到最后,她会加上一句:我也都是听胡老太爷讲的,他肚子里货多呢。

每年暑假,也常有发大水之类的事情。每到这时,我们就接祖母到我家去住。小闸的门紧紧关着,保证内河的水位。晚上,小闸口桥面上,乘凉的人少了,大人们自然不让孩坐在水很深的闸口,危险。

等我长大些后,回到小闸口,小时的"阔气"感荡然无存,却像看到一座袖珍版的桥。水平静地流过闸口,闸门吃水很浅,布满深深的苔藓。门扇也老了,似乎关不动了。就这样敞着,张着大嘴诉说曾经的过往。

胡老太爷带着他满腹的故事,早已走了,他儿子英年早逝先他而去。胡会计的老婆也先他离去了。小闸口两边的胡家儿女,出嫁的出嫁,进城的进城,现在还剩两个人,一个是老胡会计,一个是胡老太爷的(儿)媳妇。

庄子上拆迁一部分后,还有约三十户人家,仍沿东、西河两岸有序而居。

五月麦收

四野里全是麦香的味道。父亲从厨房的后间里，找出冷了一季的镰刀、磨刀砖。

磨刀砖是圆形的一块沙石，把它放在水里浸泡，湿润之后，用它一遍一遍去磨月牙形的镰刀口。堂屋与厨房间的过道刮来爽滑的串场风，父亲迎风弓背，磨出五月的光亮。

刀口已亮得晃眼，父亲还不放心，用大拇指刮了刮刀口，凭着经验，要把那刀口磨得最锋利、最英雄、最不可阻挡。

"麦黄草枯，麦黄草枯。"远处，鸟的叫声传来。天还黑擦擦的，露水未干，母亲提着父亲磨得锋利的镰刀走向麦田，走向意欲喷薄的大地。

两亩地的麦子。直直的麦秆，鼓鼓的麦穗，尖尖的麦芒，骄傲地朝向五月的天空。

母亲弯腰，右手挥镰，左臂揽入倒下的麦把，一捆一捆，堆在麦桩上。

父亲打好麦腰子，将麦子捆扎好。家门口水泥场早已收拾得干干净净，等待父亲把麦一担一担挑回。从麦田到家，来回足有两里路。

一个、两个、三个、四个……父亲力气小，一担最多挑八个。队里孙大舅爷是祖母的远房弟弟，常来帮忙，他经常在下雨天或冬闲的晚上到我家请父亲写信，自觉欠父亲人情，这也算换工。每次孙大舅爷来帮忙，父亲总要我到村头小店去打肉买酒。

太阳照耀着毫无遮挡的大地，地温开始升腾。母亲的脸蒸得通红，红过麦粒。

父亲担着麦子，走在干净雪白的小路上，摇晃晃，摇晃晃。场地上，一捆一捆麦把，堆成垛。

脱粒了。跟机工提前约好脱粒的顺序。大忙时节，一天耽误不得，一个时刻耽误不得。

轮到我家脱粒了。脱粒机笨重，对河人家脱粒结束，几家邻居得互相帮忙将脱粒机抬到船上，再运到我家河码头，船一停稳，几个劳力将脱粒机抬上岸。一步一步，小心翼翼；一步一步，千斤重；一步一步，压肩疼，一步一步，哎哟嗨、哎哟嗨。

机工师傅开着拖拉机来了。他就像庄上的神，秧田灌水要请他，拖拉机耕田要请他，麦子稻谷脱粒要请他。他每到一家，先对准拖拉机和脱粒机的位置，再摇几下拖拉机手把，轰隆隆就发动了。麦子脱粒得有好几个小时，一向少语冷峻的机工师傅要么一旁抽烟，要么在主人家床上倒头就睡，在轰隆隆声里享受他自己的安闲和睡眠。

水泥场上，早已热火朝天，帮忙脱粒的人喂机的喂机，叉秸秆的叉秸秆，铲麦的铲麦。轰隆隆，轰隆隆……

喂机的人将麦把一把一把"喂"进脱粒机的大嘴。大嘴吐出金黄的麦粒，吐出雪亮的麦秸。再没有比脱粒这么隆重而神圣的农活了。轰隆隆，轰隆隆……

攉麦草，晒麦、扬麦，几个毒太阳，麦子进仓。等粮管所开仓，父母和邻居几家一起用船去卖麦子，粮管所在新洋港水路十里之外。炙热的大夏天，母亲和邻居家女人在岸上拉纤，邻居家男人在船上摇橹，我和弟弟在船舱吃香瓜。河里有菱角，有鸭子，有一浪又一浪的水撞向船头。

麦子须先缴公粮，家里的大肚子洋坛还要留点麦种和磨面做饼的麦子，其他能卖的麦子也就有限了。

六畜兴旺

"六畜兴旺。"春节父亲贴春联,家屋门上贴好后,还要专门写一张红纸贴在猪圈门口,多少年不变。

父亲问我和弟弟:知道哪六畜吗?我抢着答"猪"。然后我们会顺势说出"马、牛、羊"。一下想不起来了。父亲说,再想想。弟弟大声说:"驴子。"

不知什么原因,苦命的驴子没有福气进入"六畜"的排位,只能让位于看家的狗和生蛋的鸡了。

猪圈是红砖青瓦砌成的,设计也相对合理,两间猪舍间是家用茅坑。猪圈打扫的粪水通过一个洞口自然推入茅坑,等到耕种季节,母亲一担一担将粪水挑入农田,滋养五谷。

听母亲说,我们本地的苗猪猪种不是很好,要到邻县兴化的大邹镇去拿小猪。猪买回来,吃的是野菜、细糠、麦麸、大麦糕头,从进栏到出栏,要七八个月。慢慢养,慢慢长。

前一栏大猪出售后,稍等个把月,就要拿小猪了。一般初夏之际，父亲约邻居一两人同行。大邹离我们家有一百多里路，一天一个来回，凌晨三点前就得出发。一辆老式自行车，车座后码两个大柳筐，筐里铺上软舒的稻草，父亲就摸黑出发了。每次，母亲还特地包几个粽子或做几个面饼给父亲带着。

一般下午两三点钟，出去拿小猪的人就回来了。到家时，猪圈已收拾得干干净净，父亲从大柳筐里将新买的两头小猪抱到猪圈，母亲进猪圈用扁担量量小猪的身长，再洒点水到小猪身上，边洒边说：浇水长，浇水长，长得扁担一样长。小猪白白净净的，胆怯得直往墙角钻，吓得不敢吃东西。

父亲满面灰尘回来后，总是先洗把脸，喝点水，再坐下来和母亲讲讲这一路的事情，猪价多少，如何和卖猪的讨价还价，卖猪的家里一窝有多少头猪，主人什么样，路上又走了哪些地方。这一说，太阳就快落山了。母亲过一会儿就到猪圈门前去看看小猪，唤它们吃食，给食槽里加水。还会夸赞其中一头小猪说：这猪样子更漂亮些。

洗小猪是乡村里最平凡不过的事了。那时，兽医比诊所的医生吃香。洗小猪，要提前几天约请，兽医准时上门，带一个大包，包里有必需的工具。在我家堂屋东山，一般是凉爽的下午，兽医干起"阉割"的活，母亲不许小孩看，我们躲在堂屋里，只听小猪号叫不停，几乎叫破整个村庄。捂住耳朵，等猪不叫了，我们就知道大事完毕，出来就闻到屋子周围一股浓烈的酒精味。父亲客气地请兽医抽烟喝茶,有空还留下来炒菜喝酒。

养猪不仅仅是为了卖猪,还图个猪粪,既能养田,又省化肥钱。养猪还能利用田间的野菜和自家卖不出高价钱的粗粮,卖猪的钱比卖粮的多一点,是家中的主要收入之一。

为了这笔看得见的"投资回报",猪再丑,猪圈再臭,都得精心服侍。能吃能睡就是健康的猪,一旦出点毛病,那还要请兽医,买药治疗。千千万万、万万千千不能让猪"倒下",猪圈门口的对联虽说"六畜",只这一畜才是我们家中的宝。

人一日吃三顿,猪也三顿。两头小猪吃一小盆,长大后越吃越凶,要吃满满一水桶粮食。猪吃不饱就像婴孩吃不饱一样,会叫,会吵,吵得人心烦。一般大忙时节,母亲从田间回到家,第一句就问:"把猪食呢?"要是我们玩忘掉了,母亲就大发雷霆,吓掉我们小魂。

夏天蚊子多,猪圈门口需挂一条柴帘子。用木棍顶住,防止蚊子见缝而入。有时,母亲也会为猪点上一盘蚊香,让猪有一个安眠之夜。不管多忙,夏日晚饭前,母亲都要挑水打扫猪舍,一遍一遍打扫干净,往猪身上洒凉水,给猪降温。冬天,猪舍里就要多放些稻草,绝不能让猪冻着。猪就是家中的宝,让一家踏实过日子的宝。

"人怕出名猪怕壮",猪养到一定重量,就得出栏。这是命。打开猪栏，把猪撵出猪圈，几个男子汉抓头的抓头，逮脚的逮脚，把猪捆绑在自行车后座的木架子上，猪躺着挣扎着号叫着。卖猪的男子汉也是需要一把力气的，要按捺住车把，骑向十里之外镇上的食品站，那里有磅秤，看猪膘分等级给价。一头猪的命运最终集体走向屠宰场，似乎天经地义。

后来我到镇广播站工作，镇上为方便老百姓，从大邹引进苗猪到本地出售。每次引进时，都要在广播站播通知。我们站长是盐城西乡人，他地道有力的西乡口音在一天三次广播开始前播出：下面播送通知，下面播送通知，光荣猪集市引进一批大邹苗猪，数量有限，欢迎广大村民前来选购……

通知结束，广播开始曲《在希望的田野上》响起，熟悉的旋律通过有线喇叭漫向我那熟悉的村庄和田野……

麻雀麻雀满天飞

> 它们的肤色使我想到土地的颜色
> 它们的家族
> 一定同这土地一样古老
> 它们是留鸟
> 从出生起
> 便不远离自己的村庄
>
> ——苇岸

　　作为乡下人,一定无法想象,如果没有麻雀飞,这样的天空会有多么单调和乏味。在我老家,和人最亲最近的鸟儿应该算是麻雀了。

　　麻雀起得早,太阳还未出,就在窗台上跳上跳下,在屋檐上飞起飞落,在门口晾衣绳上排成排地唱歌撒欢。我们起床根本用不着闹钟这玩意，有麻雀起飞，你就知道，一个清新的早晨已经醒来。

麻雀在日出前和日出后的叫声不同，日出前它们发出"鸟、鸟、鸟"的声音，日出后便改成"喳、喳、喳"的声音。我不知它们的叫法和太阳有什么关系。

麻雀在树上就和孩子们在地上一样，它们的蹦跳就是孩子们的奔跑。而树木伸展的愿望，是给鸟儿送来一个个广场。

作家苇岸先生对麻雀的细致描写，令我心生敬畏。我突然想到我们对麻雀的态度，在和它们保持和平相处的同时，其实，我们对麻雀一直怀有小小的"敌意"。尽管麻雀小巧灵动，不会伤害任何人。

春节之后的二三月间，春回大地，万物复苏。家里要把年货一一拿出来曝晒。门口场上一柴帘子饼，一柴帘子糕，摆得像龙门阵一样，整整齐齐。这是三春头上家里的主要早茶。太阳升起，阳光暖和起来，麻雀们也陆续登场了。有几只胆大的，竟大大方方站在柴帘边，用它短短的喙啄饼和糕。母亲看见了，大声吆喝："哦——嘘——"往往还不等母亲开口，听到脚步声，机灵的麻雀就呼一下飞向高处，等待下一个啄食的机会。母亲就把这种"吆麻雀子"的活交代给我和弟弟。而我们玩起来，哪管得了麻雀？吃就吃几口吧，也不在乎它吃几口。可母亲是认真的，当她从外面回来，看到柴帘边上有麻雀留下米粒大的黑灰色屎点点，总是忍不住冲我们发火，也好像冲麻雀发火："就晓得吃，就晓得吃，不问事。"

夏天，是乡下孩子最快乐的时光。两个月的暑假，可以钓鱼，可以抓虾，可以偷瓜，还可以上房揭瓦。

这上房揭瓦就和麻雀有点过不去了。

有些麻雀会躲在屋檐下的瓦缝里孵小麻雀，瓦缝里安全，瓦片可以遮风挡雨，但是，麻雀妈妈想不到，乡下孩子的心是野的，他们以能捉住小麻雀为一种荣耀。

一次暑假，邻居家男孩书书，在我家堂屋后檐的瓦缝里，真的掏出一只小麻雀。小麻雀还没长毛，肉肉的，小嘴巴张着，微微颤颤，像是在求救，它在书书的小手里瑟瑟发抖。我说，赶紧放回去吧，要不然它就没命了啊。邻居那男孩理也不理我，说，有本事你也掏一个给我看看。说完，把小麻雀放在上衣口袋里，完全以一个胜利者角色转身而去。在我们乡下，女孩子是不作兴掏麻雀窝的，大人们说，女孩子掏麻雀窝，脸上会长雀斑。我从来没掏过麻雀窝，但不知为啥还是长了雀斑。

麻雀似乎作为一个概念活在乡下人的心里，或者是作为一个强大的群体和乡下人朝夕相处。但在某些季节，贪吃的麻雀，就像是在和乡下人玩一场没有输赢的游戏。

八月底，农田里的稻谷渐渐饱满起来，这时候，麻雀的聚集处也都全部移到田间那如五线谱的电线上了。一哄而下冲向饱满的稻谷，一哄而上又回到电线上分享偷食的快乐。农人岂能容许麻雀这样的猖狂，牙切切地恨起来。一年辛苦种下的粮食可不能喂麻雀啊，得想想办法。

田里扎起红绸子、绿绸子、花绸子，秋风一吹，那些花布条子随风起舞，吆赶靠近偷食的麻雀。有几家聪明的农人干脆扎个稻草人在田里，那稻草人穿着干巴巴的破衣裳，头上戴个坏草帽，长长的手臂上绑着色彩鲜艳的布带，让偷食的麻雀不敢靠近半步。

小学毕业那年，没有暑假作业。母亲派我到水稻田边吆麻雀。她找来一根长长的细竹竿，末梢绑一条用过的红布巾，让我坐在田头，不停摇摆那竹竿，坚决不能让麻雀占据母亲的劳动成果。我带着神圣的使命坐在田头，却觉得很无聊，不就是吆麻雀吗？白白浪费了我多少时光啊？第二天再来时，我带上一本初一英语书，那是姨哥借给我的旧书，他还教了我二十六个英语字母和几个单词，我就在田头大声朗读"ABCDEFG……"也许是外国语麻雀们听不懂，它们只远远地听着，不敢靠近。也就是在那些吆麻雀的日子里，我自己也成了一只鸟——"笨鸟先飞"，自学了很多新单词，为初中英语打下了基础。

我把麻雀看作鸟类中的"平民",它们是鸟在世上的第一体现者……它们是人类卑微的邻居,在无视和伤害的历史里,繁衍不息。

在离开家乡十多年后,第一次读到苇岸《大地上的事情》里这样叩击人心的句子,我是震惊的。多年之后,我得知麻雀的平均寿命也只有两年多一点,我感到一种莫名的痛。麻雀卑微的命运也是我们生命的一部分,这种卑微里何尝没有我们自怜的影子?

顺潭港的忧伤

顺潭港是一个精致小巧的乳名*，充满婴孩月子里的粉粉奶香。她一直古老，也一直生长。

一条大河叫新洋港，日夜向东流经我的家乡，河和庄如男人女人般相互依偎，甜蜜、安宁。在村庄的西北角，河水可能想歇歇脚，与庄子的一条南北河交汇，拐成一个大湾，不知哪位先生，为这里起了一个如此不俗的名字：顺潭港。

曾经喧闹的村落，商铺紧密，河埠繁忙，长工、短工里外吃喝，十里八乡都知道，顺潭港才热嘈，人们聚集在港码头附近，摆摊设店，做起了各种交易，有烤大饼炸馓子的食品铺，有杀猪卖肉的肉铺，还有油坊、布店、酒馆，当然，也有祖母家的杂货店。祖母说，她小时就喜欢吃冰糖，家里

---

* "顺潭港"这个名字并非官方名，我的村叫"镇潭村"，所属的生产队紧靠新洋港。这里原有一滩，故名"顺滩港"，后改"顺潭港"。

卖,尽吃,大人也不管问。东海的人到这里卖各种海鱼,什么鱼没吃过啊?真是吃得折福了(岂知后来,竟有揭不开锅的日子)。东边不远有个叫黄花港的地方,那里的媳妇出了名的美,她们常搭顺船,到这里买头绳和花布,引起过路人的围观。

我所有对于顺潭港的印象,大都来自祖母的讲述和我六岁前的渺渺记忆。我六岁那年,顺潭港拆迁,曾经的繁华和传奇被埋入一堆又一堆淤泥中,时间是惊人的埋葬高手。祖母说,顺潭港早就不是她小时候的顺潭港了。打和平军一来,烧杀抢掠,做生意的哪还做得下去,吓就吓煞了,后来又摞炸弹,日子不得安宁,顺潭港的热闹也就剩下码头还能停停大船,方便运输,再也没有了从前的光景。四五岁左右,我记得母亲把家里长的白萝卜用绳包装好,运到港码头,有一条大船,在这里贩收萝卜,船头有一杆大秤,称完后,萝卜就被倒进宽深的船舱。我无法忘记萝卜往船舱里滚落的样子,那么壮观,排山倒海般。

顺潭港的故事祖母能说一箩筐:天孙舅太爷*做小官也抽大烟,大老婆漂亮得像貂蝉,没一个比得过的,不幸早逝,留下四个子女个个有出息;一户张姓老夫妻到老了不能挣钱,

---

* 天孙舅太爷是我祖母辈的堂哥,也是庄上很有学问的人,打我为人母之后,就随孩子称呼他叫"舅太爷"了。

就在家里开"弹(音tán)妓"接待客人,"弹妓"就是男的约女的,住一晚,把几块钱;庄上的黑子姑娘,跟一个旅长相好,人家走了,她肚子却大了……除了这些传奇的真实往事,还有那闹饥荒、闹土匪之类的长短苦痛,祖母总是不堪回首,每当提起忍不住声声叹息,说到苦处还会掉眼泪。

穿马褂、着旗袍的顺潭港越来越远了,顺潭港边上最为神神叨叨的女人彭道姑前些日也走了,走的时候,身边不知道是否还带着条狗?她独守一生,不爱男人,只爱狗。

这么多年,庄上的人,年轻的往城市里走,往更远的地方走;辛劳的还在那片土地上劳作,棉花卖得的那点可怜的钱,仍是他们最主要的收入;更多的那些老顺潭港人,和顺潭港曾经的热闹一样,永远被埋在了大堤脚下泥土的深处,在"另一座村庄"里长眠安息。

我已很少去顺潭港了,每次去都有一种忧伤。看到几家屋子的木门上,挂着一把生锈的锁;看到小河水黑得快要发臭;看到被拆迁了一半的裸露着的瓦房、放荒的土地;看到那个曾经高大的陈三爷痴痴呆呆地站在门口,嘴里瞎念叨什么;看到新守了寡的小标妈妈更苍老了,又黑又瘦。最近又听说队里黄家的媳妇,不满五十因脑癌走了。这个庄子越来越瘦,瘦得像一只长途跋涉疲倦干渴的骆驼。远不止是人瘦了,土地瘦了、庄稼瘦了、路瘦了、河瘦了、塘瘦了、堤瘦了、闸瘦了,连新洋港也瘦了,一眼就看到对岸的树和人影,就像一个人一眼就被看穿，说不出的失落。

在祖母越来越直不起身来的背影里，我看到顺潭港近一个世纪前的模样：祖母穿着一件花旗袍，在自家的杂货店里奔跑玩耍，不一会儿，从货架上拿一块冰糖放嘴里，真甜啊！有路人进门，不急于买什么，先寒暄几句："老板姑娘今年多大呢？享福呢，天天有糖吃。"

老板姑娘老了，二十为母，四十守寡，五十为祖母，八十为曾祖母，现在八十三了。她的床头，有一个糖罐子，里面都是冰糖，我每隔一个月，都要为她买一包。祖母说，我这辈子离不开冰糖了哇，吃惯了。我说，你吃吧，吃到一百岁。

娘家亲

一个乡下的孩子,看惯了牛羊奔跑,听惯了蛙叫蝉鸣,可在庄稼地里打滚,可在河沟抓鱼摸虾,一旦听说要上街进城,那是一件莫大的惊喜,犹如神赐良机。在孩子的心中,进城不亚于一个重大的节日到来,兴奋、紧张、激动,充满向往。

我和弟弟要比村里一般孩子幸运,到了八岁左右,我们每年暑假都有机会进城一次,一是父亲觉得我们大了,要去见见世面;更主要是父亲嫡亲的姑母住在城里曹家巷。不管是进城学习还是家庭采购,父亲都要去看望姑母,我和弟弟这两个"小把细"还会受到姑奶奶的热情招待。

第一次进城最难忘记。那年月,我和弟弟竟然找不出一件"出客"的衣服,母亲翻遍衣橱,不是尺寸短了,就是补丁连缀,一直到进城前一天傍晚,母亲才想出一个"妙计",带我和弟弟到村里小芳家去借衣服。小芳比我小一岁,她也有个弟弟,她父母在外弄船搞运输,家庭条件相对好些,关键是小芳母亲的娘家和我家老房子时曾是紧密邻居,关系甚好,母亲自然有脸面开这个口。

借衣服很顺利,我和弟弟一人借了一件上衣,我借的是一件红色的确良衬衫,胸口有绣花,只是衣袖略短,好在是夏天,袖口短些也就无所谓了。弟弟借了一件白短袖衬衫,倒是很合身。第一次进城,我们就这样"体面"地去了姑奶奶家。出发前,我母亲几次叮嘱,不要对姑奶奶说衣服是借来的。进城后,我们自然小心翼翼。姑奶奶是有些洁癖的老人,家里地上一根头发都看不见,桌子地面都是亮堂堂。

城里的一切对我们都是新奇的。姑奶奶家门前有一排长势很好的冬青树,上面可以晾晒衣物。屋后有一口水井,大家在井边洗菜、淘米,井水清澈,也比乡下河水清凉。

最早去姑奶奶家,她总是先到街上买两支棒冰和零食让我和弟弟先吃起来,然后她在逼仄的厨房间煤球炉子上忙出一大桌菜来,先安顿我们吃完,她自己才吃。后来我们大一点了,姑奶奶就给我们零钱,让我们自己去逛逛街。穿过曹家巷不远,就是盐城最繁华的市中心,盐阜商场、新华书店就在解放路和建军路交会的大转盘两侧,我们自然要去逛逛。我们一般先去新华书店买本小画书,再买支奶油棒冰或大雪糕。也不敢贪玩,怕姑奶奶着急。

父亲忙完自己的事,有空也会带我和弟弟去动物园看猴子、老虎。那是我们进城最想去的地方。后来家里条件慢慢好了，父母亲也会带我们去商场买些合适的衣料等用品。

每次从城里回家，姑奶奶总要让我们带这带那。姑奶奶有六个儿女，他们大都有好的单位，有一个表叔是在食品厂上班，姑奶奶送给我们各种罐头、点心、糖果，有时也专门买点老面包和水果带给祖母。祖母说，姑奶奶对娘家人是少有地好，把心都掏出来了。她家那时人口多，条件也不是非常好，我家最困难时，却不知接济了多少。现在，祖母也难得进城，偶尔去，姑奶奶总舍不得她，为她买吃买穿。

我母亲总是想着念着回报姑奶奶这份好。夏秋两季，家里最新鲜的蔬菜瓜果，田里长的五谷杂粮，先要送给城里姑奶奶尝尝。姑奶奶一家都喜欢吃母亲做的大灶饼，母亲记在心里，农闲时，总要做几回送去。送饼之前，母亲要精挑细选，把形状不好看、饼底子稍微焦一点的留在家里自己吃。家里人都知道母亲这样的脾气，也就见怪不怪了。

在我们所有的亲戚中，姑奶奶一家虽都是城里人，却没因我们是乡下人而有不敬之意。打我记事起，姑奶奶的大儿媳每年都为我家老小织毛线衣。在当时经济匮乏的年代，不管是御寒还是审美，毛线衣都是很奢侈的。表婶为我织过一件白色绲边的黄背心，我一直穿到初三。

记忆中，姑奶奶几乎很少回乡。直到我上高中，家里砌了新房子，才带姑奶奶回来。她有点洁癖，偶尔一次回乡，我母亲都要把家里家外收拾得干干净净，床上用品全换成新的，姑奶奶虽说只能在我家待几天，但毕竟是回娘家，每次临回去，姑奶奶都和祖母依依不舍含泪道别。那一刻，老姑嫂的心里都装着同一个人——我的祖父。祖母不知多少次感叹，姑奶奶和祖父是一母所生，骨肉至亲，狠*呢。

姑奶奶是祖父唯一的妹妹，仅兄妹俩，感情甚深。姑奶奶对娘家一大家族的好，是母性的也是天性的。她嫁得再远，也和我们一样，根在顺潭港。娘家在顺潭港，是娘家亲。

---

* 方言，形容程度深。

依兰

父母结婚当年的冬至日，母亲分娩。老屋里已十多年没有婴儿的哭声，我的一声啼哭，让整个屋子突然亮起来。"那天的风刮在脸上像刀子"，祖母说。而祖母的心却热乎乎的。她从接生婆手中接过婴孩，紧紧抱在怀里，多少年的夙愿得以实现，她做梦都想要个孙女。

祖母有三个儿子，父亲是长子。按乡间传宗接代的观念，祖母盼生个孙子才对，却为啥一直想要个孙女？在后来的日子里，祖母不知多少次和我说起她内心的隐痛。

祖母十八岁结婚。那时，祖父年轻儒雅有学问，曾祖父有厨师手艺，能操办酒席或上门做家宴，曾祖母是入地主家的女儿，性格泼辣也能干，有自己的积蓄。祖母的嫁妆也体面，八抬大轿，风风光光把她抬进江家的门。

结婚后，祖母第一胎生了个女儿，取名"依兰"，活泼又聪明，可八岁那年，她喉部生了一种"核子"病，大致是现在淋巴方面的疾病，那时医疗水平有限，四处求医都未能看好，全家眼睁睁看着八岁的女儿夭折。祖母说，不只是她，依兰的奶奶（我的曾祖母）也非常偏爱这个孙女，她的离去，让两代人默默伤心流泪多少年。更可怕的是，这种现在吃几颗药挂几天水就能治好的病，后来又夺走了祖母最小儿子的命。祖父去世后的第二年，同样也是八岁的小四子因和姐姐同样的病，无法医治，最终不幸夭折。而这种病带有遗传性，根源是祖母自己，祖母真是呼天不应，伤痛砭骨。后来，听父亲说，他和二叔都得过这类病，有幸看好了。二叔那时已进部队，先瞒着祖母，在部队医治好，才写信告诉家里。

岁月流逝，当我们姐弟相继出生后，祖母年轻时一连失去亲人的隐痛才慢慢有了弥补的空隙。后来的日子里，祖母每次和我说到依兰时，总长长一声叹息，说："如果依兰还活着，应该和村里姚家的二闺女一样大了，过年过节一定会拖家带口来看我，热热嘈嘈多好啊。"我那时小，多少年，祖母一遍又一遍地讲述，我仿佛在听，也怕听："我家依兰不晓得多聪明，她哄奶奶，等你老了，我买好东西给你吃"；"她晓得自己病看不好了，就让我做件花旗袍给她穿走，她穿旗袍不晓得多好看，村里没有一个不夸的"；"病发后，依兰苦哇，不知喝了多少中药，吃了多少偏方，还一直忌嘴，不敢给她荤吃，瘦了不能望。有一天，她说想吃肉圆，家里也知道她难得好了，就给她吃吧，可吃半个，就全吐了出来"……祖母每每讲到这里,泪水就在眼眶里打转,而我最怕看到祖母流泪。小小的我,不知如何安慰祖母,只能陪祖母默默地坐一会儿,有时也陪祖母落下难过的泪。

自我出生后,祖母就把我当个宝。她没有女儿,就无比羡慕村里有闺女的老人,看到人家女儿回娘家,或老人去姑娘家串门,祖母背后常常会伤感落泪。她说,到老了,没有姑娘,孙女也一样亲。她指望她老了不能动时,有个孙女,给她洗洗澡,剪剪指甲,说说贴心话,就知足了。

我出了月子就跟祖母睡,因为母亲要去上工,后来母亲生了弟弟,我就更没有机会和母亲同睡了。幼时的我,几乎是在祖母的背上长大的,祖母说,无论上东上西,她都要背着我。

我母亲嫁到顺潭港后,祖母就不干农活了。她就负责烧饭和带我们姐弟。祖母是庄上最干净的人,一年四季,不管寒暑,她总是把一家子的衣服洗得干干净净,屋里屋外打扫得清清爽爽,饭菜烧得调调适适,从不准我们喝生水,每天她都要烧两瓶茶放在家里,这在农村一般很少见。我出生时,正值寒冬,母亲说祖母执意每天非要去大河边汰洗尿布,把手都洗出冻疮。母亲是急性子,常常责备祖母做事"摸擦、磨蹭"。我听在心里从不告诉祖母,有时还会替祖母辩护几句。祖母也在背后说妈妈性子急,生活做苦了,言语上没重没轻的,有时还给她脸色看。祖母说这些,我也不敢告诉母亲。从小,我就知道哪些话该说,哪些话不该说。祖母便常常在邻居面前夸我："我家小华子懂事呢，从来不学舌。"也因此，祖母更疼我，更爱我。小学时，常给我零花钱买糖、买棒冰吃；后来，我到镇上上初中寄宿，祖母很是惦记我，每周回家一次，都要悄悄给我一元钱买烧饼；城里亲戚带给她的苹果，她放在米坛子里，等我回家才舍得拿出来。祖父病后的十多年，祖母带着三个儿子艰难度日，三年自然灾害时期，差点饿了没命。祖母是穷怕了也饿怕了，她把吃看得很重，她不想让孙女受一点点饿。

我出嫁前一年，三叔家的女儿在镇上读书需要照应，祖母就从我家搬到三叔家去了。我进城后，不管多忙，正常一两个星期都要回去看祖母。如果不去，祖母就会算日子，念叨着我。后来，祖母腰佝偻得厉害，自理上有些不便，我每次去都要帮她洗澡、洗衣服、剪指甲、理头发。祖母说，她没想到，能享到孙女子*的福，从小带大了的，贴心。

祖母九十岁生日时，我为她做了一件中式大红缎子盘扣唐装，祖母穿上身，喜庆得很。穿惯了深色素朴衣服的祖母一时不太适应，竟然有些腼腆。她说，还是做新娘子那年穿过大红衣服，后来，没钱买好的穿，也没心思穿。后几年，祖母春秋天出客，都喜欢穿这件红唐装。我常常忘了，祖母也年轻过。

---

* 方言，指孙女。

生死相诺

1961年，阳历刚进入六月，端午节刚过，家里却没有一点过节的样子；祖父深陷病痛，已不能进米，说话很吃力。曾祖父老了，只能干点家务；我父亲是长子，十四岁就退学每天按劳力到生产队上工；二叔在十里外的镇上读完小；小三子那时才十岁，不肯上学，也没能上工，就天天早上到邻村去拾草；小四子穿着一件不合身的衬衫在门口玩泥巴。

祖母把一碗粥米汤*端到床边，吹了又吹，她轻轻唤着祖父的名字，他又睡着了。躺在床上的祖父瘦得只剩下一把骨头，他连睁眼睛的力气都没有，整个人像是早丢了魂。听到祖母的叫唤，他吃力地睁开眼睛。

祖母想把他扶起来，他摆摆手，吃力地说："云标妈妈，我是不行了，我知道我的病啊，把家里的家当全部用光了，

---

* 方言，指米汤。

我不怨你，我只怨自己的命。还拖累你和一大家子，这个日子你们以后怎么过啊？"说到这，两行苦泪已控制不住。祖母知道他的意思，他病了六年，祖母照顾他六年，他们已经六年不同床，他担心祖母会离开，这个家就垮了。"鸿民，你不要担心，我这辈子就是你的人，我哪儿也不去，我们还有四个儿子，哪个男人敢要我啊？""是的，我知道你是个好人，你跟我没享到福啊，我对不起你，这个家怎么办啊，怎么办啊……"眼泪洗刷着那张瘦削不堪的脸，祖母也哭得成泪人，碗里的米汤结了一层厚厚的膜，祖父喝不下一口。一家人都默默承受着苦，从不敢在祖父面前哭泣。

祖母找来毛巾，为祖父擦去泪水，紧紧握着他的手，告诉他："你放心，我要带着四个细的，往前过，你不要怕，我就是讨饭，总把他们养大。""嗯，我放心，我放心，你心好，你把儿子带大了，将来有福享，将来儿子给你福享呢。我没有给你福享啊，对不起你，没跟你过得够啊！"

祖母说，她这辈子永远也忘不了这一天，祖父并不是没给她福享，只是太短。1961年阴历五月十三，祖父丢下他的父亲、妻子和四个儿子，痛苦地离开了这个世界。今年（2011年），恰是祖父五十年祭。

祖父和祖母的结合，没有多少传奇。祖母说："庄上人做的媒，做媒前见过你爷爷几次，人的相貌是没话说的。只有我妈妈有点担心，说我婆婆脾气出了名的不好，是胡大地主家的闺女，连她老子还怕她三分呢。后来，是爷做的主，认定他有文化，脾气好，婆婆呢，又不跟她过一辈子。唉，没想到跟他只做了二十二年的夫妻——没过够啊，真没过够啊！他人好，从没嫌弃过我，我从小家里开店做生意，雇用长工，我没吃过苦，不会种地，书念到三年级，针线活也不太好，他从来不抱怨我，他说你只要做做家务，其他不需要你操心。我没福气啊，他在供销社做会计，算盘打得好，账算得准，毛笔字又好，人家都说他有才啊。后来时事变了，供销社主任被抓去罚站水缸，活生生地被折磨死了。他就怕啊，并被人恐吓，交代账目问题，你爷爷一个文弱书生，他哪儿经历过这些事情，神经吓出病来，常常说痴话。有一天想不开，用刀子划破自己的喉管，想轻生，出了很多的血，好在被救了过来。那一年，才三十四岁。"

凭我的迟钝，我是不能想象儒雅的祖父如何狠下心来，用刀子划破自己的喉管。二叔一次喝多了酒，讲到祖父这些往事，号啕大哭。

曾祖母当家时，我们家里是开酒馆的，日子过得一直不错。自祖父出事后，家里就开始走下坡路了。祖父需钱治伤，一年后，有所好转，祖父本来可以调任其他供销社继续做会计，维持家庭的生计。可是，第二年夏天，一天下雨，祖父脚下一滑，突然感觉腿疼，起初并未在意，到医院也查不出什么，那时又没现在的医疗条件，有钱也没地方看。病后来越来越重，全身骨头疼，最后卧床不起，东看西看，看了四年的病，不但把家里所有的积蓄全部花完，还变卖了一张大花床、一张八仙桌，最后，连祖母出嫁时娘家陪嫁的金戒指也不得不变卖了。

祖母讲起这些，脸上痛苦的表情有些扭曲。她说："我不想卖啊，卖一样东西，我就难过一阵子，但你爷爷说，你总不能看着我就这样去死吧？那颗戒指是我妈妈给我的陪嫁，重三钱八呢，为你爷爷治病，我已卖了五六个小戒指了，最后一颗，我死都不想卖，他走了，家里还有老有小，要过日子呢。没办法，我不能看着你爷爷就这么去死，不知背地里哭了多少回，咬咬牙，还是决定卖。戒指在那时不值钱，三钱八的大戒指，我想卖个百十块钱救救急，可是，第一次托的人，放在他身上几个月又带回来给我，说没人肯买。又想办法请邻居姚奶奶托人到黄沙港卖，最后一个大戒指就只卖二十八块钱。我哭了不知多少天，我哭我的命。"

祖母在我们儿孙辈前，很少夸自己，但她一直说自己对得起她死去的丈夫，对得起几个儿子，对得起这个家，无论后来的日子多么困难，她都记得在祖父面前的承诺。她这辈子只为一个人活，那个人不能给她一辈子的幸福，只能给她在苦难里留些生的支撑和希望。

回到最初，回到永远

2013年农历正月初七，祖母腹痛加剧，镇医院检查确诊为肠梗阻，建议尽快到市里大医院手术。祖母一生从未进过市里的医院，最后一次竟一天转了三家医院，都以高龄不能手术为由被婉拒了。

转到最权威的市一院时，已是傍晚。这一天，弟弟开车，把祖母抱上抱下，做各种检查。父亲和二叔一旁陪着，脚步匆匆，脸色阴沉。我赶到医院时，祖母正躺在手术推车上，往住院部去。急诊的医生要我们直接到住院部去找一位主任医师面诊。

躺在推车上的祖母，头发蓬乱，脸色瘦削干枯，每一根深凹的皱纹都像魔鬼的手指，根根潜藏危险。她无力又伤心地说："宝宝，我没得好了哇，回了几个医院了，我晓得不是好病啊，肚子疼死了哇。"我竭力劝慰祖母，不怕，这里的医生也许有办法，但内心却在发慌。

到了住院部病房走廊，正好遇到那位主任医师，医生看了看检查报告，又在祖母的腹部摁了摁，示意家属到办公室谈。十几分钟后，医生出来了，弟弟跟着出来，我一看他泪如泉涌，就什么都知道了。医生并没直接"宣判"，他把选择交给我们无助的家属：肠梗阻虽不是什么大病，一般病人查出来就直接做手术，但老人九十三岁了，做手术风险很大。如果做，有可能上了手术台就下不来，心脏功能跟不上；也有可能做完手术直接推进重症监护室，麻醉后呼吸功能衰竭。成功率只有百分之零点几，你们家属自己决定，不做手术就把老人带回家，挂挂水，维持生命。言下之意不言而喻。

猛然间，我们全家意识到了什么，先是二叔当着医生的面哭出声来；父亲毕竟是家里的老大，他强忍着悲痛，打了个电话给祖母顺潭港娘家的侄子，电话里主要是告知祖母的病情与医院的态度，可能不希望被娘家人误会。这是我们老家的规矩，一个老人走到人生终点时，要不断和娘家人取得联系，让他们知晓老人的病情进展，一旦老人离开，还有很多告别礼仪需要娘家人来配合。

最后几天，顺潭港老家来了不少祖母的娘家人和邻居。春秋几度，人如草木，他们早已看惯了生死，何况祖母已九十三了。他们站在床头或是拉着祖母的手，对祖母说些安慰的话，就聚在另一个房间聊天；几位懂做丧的亲戚，指导父亲做些祖母后事的安排，如何把信？哪些亲戚把布？*具体的礼仪流程？这是祖母最后特别注重的，她让父亲把报丧的名单一一读给她听，她怕漏掉谁，又怕人多，家里地方小，做事不方便。

祖母回家后，状态平稳时，头脑清爽。我几次问祖母，有没有什么愿望要和小辈们说说？祖母说："这么多年，儿孙对我孝顺，我满足了。就是他老子走后，家里缺吃少穿，白天忙田里活，晚上要磨粮食，要不然第二天早饭就没吃的；最穷时招人白眼，家里没烧的，去队里拾草，被人挖苦；老二在镇上读书时，每天要带二两米去学校蒸饭，先要把他吃起来，每天称米时，老大和老三就看着称，不能多一点，多一点，他们在家干苦活的就少吃一点……这些苦日子，也熬过来了。我一个人把三个儿子带大，把这个家撑下来，不容易呢……你们要把我的苦说给亲友听听，我不容易呢。"

她的苦沉得太久，陷得太深，病危虚弱的身子哪能全盘说出？祖母在娘家从没摸过农具，过的是大小姐日子，后来农活做不过人时，不知偷偷哭干了多少眼泪。祖父的英年早逝，永远是祖母的痛。一个殷实的家为祖父看病，最后一贫如洗。祖母说，这个都是命。她能活这么大岁数，也是命。

祖母说过，"力养一人，字养千口，再穷也把儿子念书"。

---

* 方言。把信，指近亲报丧。把布，指为老人戴孝。

她还说过,"人要有骨气,死活有一双手,苦往肚里咽,痛往心里埋,不能过了让人看不起"。最后一天夜里,我们姊妹兄弟六个守在祖母身边,忆起许多关于祖母的往事,一会儿笑,一会儿哭的。弟弟说出了一个埋藏多年的秘密:"我六七岁时,有两次爸妈不在家,奶奶牵着我到爷爷的坟上痛哭。哭过后,奶奶叮嘱又叮嘱我,不要对别人说。"

叶落归根。祖母最终回到那个永远的家。那个"家"离她曾经居住的小屋只隔条小河,背靠高堤,堤后是川流不息的新洋港,堤前农田平展,麦苗青青。

祖父和祖母的名字一起竖刻在石碑上。从此,五十三年寡居的祖母和祖父永远地"团聚"了。那天,暖阳高照,微风吹拂,顺潭港处处闪烁着初春的祥光。祖母落土为安,回到最初,回到永远。

七月半

按规矩十四的月亮也该很圆很亮，国四奶奶朝黑洞洞的天，望了望，看不见半点星光，一声不吭地进屋了。

进了屋，跨一步就是一张老木板床，屁股一靠上去，发出"吱呀"几声，这张床比大儿子还大一岁，四十八年了。这张床先是两个人的床，后来是三个人的床，再后来是四个人的床，现在，是她一个人的床。床下有一踏板，磨得滑亮。她点了片蚊香，放在床边稍远处。脱下半旧的拖鞋，关掉头顶一盏二十五瓦的白炽灯，把身子挪躺到草席上。

屋里阴湿湿的，不太热，却有些闷。床头有把蒲扇，她摇摇，想想；想想，又摇摇。明天就是七月半了，老头子在那边一定等钱用呐，明天，怎么去跟两个儿子说呢，让他们烧点纸给老子，老头子走的时候，都是为了两个儿子啊。

老头子走的那个冬天，大儿子才刚过二十岁，家里想改造一下旧房子，好张罗着找个儿媳。冬闲，老头子就用船撑淤泥。没想到，老头子脚一滑栽倒在河里，命丢了。老头子对她有多好，庄上是出了名的，田里重活从舍不得让她做，她只做些家务或轻的农活，年轻时，她走到哪，人家都说她是街上女人的命，干净也白净。可不像五爷他家，老婆天天跟着男人早出晚归一起干活，要是跟庄上的男人说句话，就会受尽折磨。一晃自己七十三了，头发根根银白。两儿子各自成家后，前后为邻，这些年条件好了，两家都砌了二层小楼。她独居二儿子厨房一个边屋，自己有块地，种点蔬菜，两个儿子给点粮食，一天一天朝前混。想想老头子的好，想想几十年丢下她一人的日子，心口又揪着痛。她转个身，用枕巾抹了把眼睛。

早上起来，国四奶奶就担心，儿子现在都有自己的家，媳妇说话比儿子有用。她怎么提醒儿子呢？今天是七月半，老子在那边等钱用呐。平时没一个人提起老子，今天，庄上人家都要烧纸的，人家亡魂都回家拿钱了，我家可不能没有啊，老头子苦了一辈子，没个余钱，如今儿子再不烧点钱，在那边可怎么过呢？

她找儿子，一个也不见影，一大早都出去了。她的担心更重了。死鬼啊，今天七月半，你心疼的两个儿子上哪去了呢？

快到中午，国四奶奶的心放下了，大儿子从村里的小店里，买了肉、豆腐、鱼，都是烧纸用的菜。二媳妇在街上打工，带回来的菜更多，二媳妇和国四奶奶的厨房靠得近，闻闻味道，就知道今天的菜是专门为过节买的。

摆满饭菜的桌子移到堂屋中央，一把筷子插在高高的饭碗里，桌子周边摆着八张杌子，二儿子跪在地上，烧纸。国四奶奶回到自己的小屋里，踏实了。她念叨着老头子的名字，喊他回来收钱。烧完纸，二儿子一家四口挨着磕头，轮到八岁的二小子时，二媳妇对着一盆纸灰说，祖宗啊，保佑俺二子年年考试一百分，考个一流的大学啊。

一桌子的菜，亡魂没动一嘴。一地的纸灰，在火焰之外跳跃……

中午，国四奶奶没特意为自己准备饭菜，又怕儿子喊她去吃饭，过了个时辰，见没动静。她就把昨天剩下的一碗饭，热热，吃了。午饭后，家里的狸猫到她屋里，肚子圆滚滚的，她出门一看，二媳妇家堂屋走廊的猫饭碗里，有吃剩的鱼段子，狗饭碗里，有几块肉骨头。国四奶奶心里笑，鬼过节，畜生也过节。

四月的纪念

农历四月初一,老家传来远房孙舅爷去世的消息,家人吃惊之余,不免升起悲痛之情。

说起孙舅爷,其实年龄并不老,去世时才四十九岁,只不过他和祖母同姓同辈,门头不远,又在一个庄上,见面打招呼当称舅爷。

去年春天,就听说舅爷病重的消息,当时连我都不相信自己的耳朵,在我的记忆里,他一直是一个身强力壮,什么苦都能吃的汉子,无法将还不到五十岁的他和可怕的疾病连在一起,尤其是从小看着他长大、我八十几岁的祖母不时叨起舅爷,哀叹着说起不知被岁月漂白了多少回的一段往事。

舅爷的父亲曾娶过两个"奶奶",因为大奶奶不生育,才娶了二奶奶,二奶奶生了舅爷姐弟俩。在舅爷三岁时,政策不允许有"一夫两妻"的婚姻现象存在,二奶奶只好丢下儿子独自到上海做苦力谋生。从此,母子分离,舅爷的苦命便扎下了根：先是五岁上下，抚养他长大的大奶奶生病去世；十几岁时，父亲被打成"四类分子"，因不堪侮辱，投河自尽；一连失去两个亲人后，舅爷便和他七十多岁的奶奶相依为命，在同姓家族人的接济帮助下勉强度日。他的奶奶病老后，舅爷独自撑起只有一人的家，到了二十六七岁光景，由于他为人老实、干活又卖力，庄上好心人帮他说媒成亲。

按辈分，舅爷的儿子章是我叔，但我却记得他比我小几岁，舅爷帮我家干活，他也跟着来，每次我的父母总要留他一起吃饭。那时候，弟弟不懂辈分关系，吵起嘴来，叫他"跟路狗"。后来，章有了一个小弟弟程。按政策允许舅爷他家生二孩，本想生个女儿，可未遂人愿，于是舅爷肩上的担子又加重了。

给我影响最深的是，舅爷在下雨的日子或是晚上摸黑到我家请父亲代笔写信。信封上的第一个字总是"沪"，问父亲，父亲说那是上海的简称，每次信写好后，父亲总要从头到尾读一遍给舅爷听，我们从小听不出什么，但常看到舅爷在一边抹眼泪……

我十四岁时，离开老家，到集镇上上中学，偶尔回去一次，也能遇到舅爷请父亲代笔写信，那时，我已能听出舅爷的日子比以前好多了，信中总会说：家中一切安好，请老母放心。

改革开放后，老家农村发生了很大的变化，舅爷的信似乎比以前少了些,他承包了七八亩责任田。遇到农闲,还到城里做挑工或踏二轮车来挣补家用,为了使自己的三间小瓦房早点砌成宽敞、明亮的新房,还从亲戚那边学来打粉的手艺,做点小生意。日子好了,舅爷一家专门坐车去上海看望老母亲。回来的时候,舅爷送给我一块巧克力,我小心翼翼地剥开裹纸,那略带一点焦煳的味道,我一直记忆犹新,但我并不觉得巧克力有多么好吃,每一口嚼到最后,总会有一丝苦味沉在舌根。

1995年,我们全家都搬到了镇上,舅爷在镇上一家制造企业做苦力活,偶尔会来我家吃吃饭。1997年回老家有事,我顺便去舅爷家看看,原来三间小瓦房的基础上,已砌成两层别墅小楼,外表装潢的很有气派,但走进去,屋里的摆设却很简单,没有什么家私,还是两张旧式床,一台黑白电视机摆在旧式橱上。舅爷当时还说:我还年轻,还能吃苦,等再过几年有些余钱,再把房子装潢装潢,买些家具,也好娶媳妇……

舅爷的话犹在耳边,可他不但没有来得及装潢房子,反而因病用去了家里仅有的几千元积蓄。去上海治疗期间,八十几岁的母亲老泪纵横,从箱子底下拿出一生的八千元积蓄为儿子看病,甚至都做好了卖房的准备,但这一切没有能使苍天感动,舅爷那越来越虚弱的身子终究斗不过无情的病魔。

我们的村子并不大，也就几十户人家，每次听到村中有人离去的消息，我总觉村子就更空也更小了，也会默默叹息一声，总想和母亲谈起那人或多或少的往事。这算不算一种纪念？

尘世中的孤守

庄上有两个女人一生未嫁。一个是西河上的彭道姑,她从不讲究吃穿,成天蓬松着头发,说些鬼怪离奇的事。她一生未离开过狗,跟狗一个被窝睡,一个锅里吃;把饭嚼碎了嘴套嘴喂给狗;狗哪里不舒服了,比她自己生病还伤心;从镇上买瓶补药,也是自己先喝进口,再嘴套嘴喂给狗。庄上人最熟悉的是她唤狗的声音,每一声都宠得让人心麻,狗就是她的命。还有一个就是左二姑,对左二姑的身世,祖母大致说过一些,她是因小时生病,父母许了菩萨的,从此,她在尘世中孤守着一份许诺,从生到死。

六岁那年,我家拆迁从西河庄上搬到东河,一直和左二姑为邻。她住在一间狭长的丁头屋里,砖草结构,外面看不到窗户,里面黑洞洞的。在我的印象当中,她不说话时,眼睛总是眯着,眼神中深透着一股子不明来由的霜雾或风沙,脸上的表情单一枯槁,就像冬天田野上凋落了叶子的树,毫无生机，孤零零地寻不见一丝鲜活的气息。因为她老了，满脸皱纹，背驼得厉害，自然庄上人叫她左二姑奶奶。起初，我觉得她的一言一行都很神秘，她怀下对襟大褂的盘扣上总会挂着一把细长精美的钥匙，没有齿，还闪闪发亮。为此，我特留意到她门上的那把古铜锁，重似银锭，我想象着她的身世与这把古铜锁的关系，每次路过她家，总要回过头看看那把古铜锁。她的屋子里常年有一种烟熏的焦味，我不喜欢闻这味，平时去得少，过年拜年是一定要去的，拿了她为我们准备的水果糖就匆匆跑开。她屋里没有什么东西，一张床，一个锅灶，床的北侧是用很多捆芦柴堆成的隔墙，里面是什么，我们从不知晓。

　　我小时候以为，女人不嫁人会到庙里做尼姑。左二姑并未进庙，生活却和庙里的尼姑一样受戒。她一生吃斋念佛，荤腥不进，连香葱、生姜也不进嘴。她也从不吃人家一口，哪家锅里没煮过荤腥？当她牙掉得剩下不几颗时，常年以喝稀饭、吃面条为主，一年四季，就吃些青菜、菠菜、南瓜之类的蔬菜。她唯嗜好白砂糖，闲下来就从大瓷缸子里挑一口放进嘴里，她的生活来源很有限，钱几乎都用在买白砂糖上了。只有到清明、七月半、十月招这些传统的鬼节，她才会买点豆腐、土粉，还烧纸钱。那时在村里，很少看到女人烧纸，而她每一个节日，都会这样虔诚地祭念她的先人。母亲说她还会念经，起初我一点都不信，后来，我看到过她家靠门边的锅台上摆放过一个小木鱼，我就想，她还有多少故事是我们所不知的呢？

似乎只有邻县一个远房侄子，偶尔会在春节头里来看她，其他再无亲人。她常年都穿老式大襟褂，不是灰的就是黑的，天气冷一点的时候，腿上就缠绑一圈圈的黑绷带，她终日把花白的头发盘成结网在后面。她若独自走在乡间的路上，表情漠然，黑驼的背影像似这个村庄一道苍凉的风景。她虽住得离我家最近，而我总认为她离我们很遥远，我设想这样一个老人总会有点传奇，在什么地方，被她一辈子封存着。她孤守着无尽的寂寞，西河上的彭道姑毕竟还能和狗说说话，出门时不管多远总要带在身边，而左二姑却不能养一只狗一只猫和她做伴，她只能守着她的小丁头屋，活在那浓重的烟熏味里。

左二姑和我祖母年纪相当，祖母儿孙满堂，大部分时间和我们同居一屋。祖母说左二姑是村里的大闲人、大福人，没人给她气受，祖母的意思是儿子是儿子，媳妇是媳妇，婆媳矛盾只有做了婆婆才知道。左二姑也确实是个闲人，白天串门到邻居家晒晒太阳，或两手抄袖打瞌睡；农忙时，她最多帮邻家几户拣拣菜。她也常端个饭碗，在吃晚饭时到我家来，她从来不和我们同桌而坐。后来，我们知道她有这样的习惯，一见她来，便忙搬个凳子让她离桌边坐下，一坐下，她总会找个我们亲近的话题，聊聊谈谈，也只有这个时候，往往能看到她一丝半点的笑容。她的生命中已没有亲人，她把邻居当成自己的亲人，有时，邻居家夫妻、婆媳闹矛盾吵嘴了，她总是第一个到场、拉劝直到平息。我父母吵架她就劝过。大家都看在她老人家的面上，往往吵吵也就算了。

她因信佛，不养猪不养鸡，全靠队里很少的五保户补贴度日，她夏天会在天黑前吃完饭，然后就摇个蒲扇出来乘凉；冬天黑得早，她出来到邻居家边吃边谈，一是打发时光，二是为了节省点煤油。我祖母是个直性子人，也爱干净，她有时会在背后说左二姑："省得连块香皂也舍不得买。"有好多次，等左二姑奶奶来我家，祖母就烧一锅热水，帮她用香皂洗洗头，她在尘世中孤守着的除了寂寞，还有这一头长发，她守着，从黑到白。

她最怕自己生病，一年冬天，她伤寒病倒了，邻居们全都来看她，陪她，夜里还主动轮流照看她。她在生命的最后两个月里，是在她屋后面一家孙姓人家养病治疗的，听说她害怕待在自己的屋里，那间满是烟熏味的屋子，她不是住够了，而是住怕了，她也许是怕那里面永无止境的黑暗和寂寞吧？！她的后事，是队里和邻居给她办的，为她送终戴孝的只有她那邻县的侄子，她仅有的一点家私也被这个侄子用船装走了。

她一生没去过十里外的小镇，更不说进城了。她永远在村子里，从生到死。

力养一人，字养千口
——祖母绕在嘴边的乡村土语

"你奶奶就爱唠叨，一件事说了又忘，忘了又说，有些话重三倒四的。"这是母亲在背后给祖母的评价。

祖母到了一定年龄后，确实喜欢唠叨，而我却从来不烦，喜欢听祖母讲了无数遍的往事和那些民谚俗语。有时，祖母家务做完了，也会严肃地教我如何做人做事，她说不出高深的道理，说不出"万般皆下品、唯有读书高"这样文绉绉的诗句，但她会说"力养一人，字养千口"这样通俗易懂、朴实无华的古语。

祖母于1921年出生。小时念过三年私塾，读过《百家姓》，学过《千字文》。从小爱看戏，她能大段大段唱出那些经典的家乡老淮剧。在我未进学校前，最早的启蒙教育并非来自我做老师的父亲，而是我的祖母。

也许正是祖母略懂戏文，又爱唠叨，她的很多话，一直伴随着我的成长，即使在我读了一定的书，走了很远的路，在现实中摸爬滚打后，明白了所谓的一套套为人处世哲学，才发现，很多道理也只不过是在反复印证祖母的那些"唠叨"是一种怎样的通透。细细想来，这些唠叨的内容较为庞杂，大可纳宇宙，小到热豆腐。

一、"舌头打个滚，不折（shé）本"

祖母说，小孩子嘴要甜，遇见人要打招呼，大人才喜欢。她说"舌头打个滚，不折本"，意思是路遇乡人喊一声"大爷、大妈"，诸如此类。人家就会觉得你这个细小的有礼貌，如果遇到困难请人帮忙，人家才会愿意帮你。

二、"豆腐不杀馋，吃的热跟咸（方言念 hán 音）"

豆腐是乡下人再普通不过的食物，祖母对吃很讲究，一盘豆腐烧出来，白的是豆腐，青的是葱花，偶尔再放点青椒，青青白白，色香味俱全。她常说，"豆腐不杀馋，吃得热和咸"，意思要多放盐，趁热吃，那样味道会更鲜美。

三、"远亲不如近邻"

祖母在西河庄上有自己的小屋，农闲时，不一定每天到我家来，就独自过活。她和庄上的邻居几十年相处下来，从无争执。邻居家儿子结婚、姑娘出嫁的大喜日子，都会请祖母锅上锅下去帮忙。祖母爱干净，事情忙完，总替人家厨房收拾清爽才回去。大忙时节，她也会走东家串西家帮人家煮煮饭烧烧菜之类的活。有一年端午，邻居一家人夏收夏种没空包粽子，想请祖母，祖母从我家忙完回去已很晚，她也不和我父母讲，怕他们生气，就悄悄连夜帮人家包了一锅粽子。祖母说自己包粽子是庄上最好看的，邻居们都夸她粽子包得三角尖尖，紧紧匝匝，吃起来更有糯米香。有时母亲看不惯，总要嘀咕几句，祖母就说"远亲不如近邻"。邻居也从没亏待过她，她一人在小屋，人家也常送吃的用的给她。

四、"一母能养九子，九子难养一母"

村里很多人家经常因养老问题，兄弟之间闹得不上门，老死不相往来，甚至让老人无处安身，老人气得喝药水、投河的也有。祖母很是感叹：一母能养九子，九子难养一母。

五、"我的三个儿子全是共产党员，我不怕"

这是祖母说得最英雄气的一句话。二十世纪八十年代初期，农村实行殡葬改革，土葬取消，人死后要火化。庄上的很多老人无法接受，甚至成天抱怨。祖母的英雄气也不知从何而来，她说，怕了没用，我的三个儿子全是共产党员，我不怕。

六、"烧纸探人心"

祖母是天生的唯物主义者,她对庄上有些子女忤逆,老人在世时不孝顺,死后却花钱吹吹打打搞得异常隆重很有看法。祖母说,这都是形式主义。她说,老人在世时,满足老人基本的吃和穿,不要恶语相加,就算孝顺了。平时清明、小冬节日里烧纸,祖母边忙边说"烧纸探人心"。母亲听到祖母这样说,很有意见。母亲对烧纸的风俗很虔诚,备菜、祭祖、祷告、磕头按程序来。有一次母亲问祖母,那你走了之后,我们烧纸还是不烧纸?祖母笑笑也不答,后来就很少当着我母亲的面说这话了。

七、"人正不怕影子歪"

祖母常以这句话教育我,做人要坦荡,做事要刚正,不留话柄给人家。"人正不怕影子歪。"她说,生产队大集体,人家把田里东西往家拿,我饿死了也不拿一样。吃人家的嘴软,拿人家的手软。穷一点不要紧,人要有骨气。再说做人,走得正行得稳,不怕鬼上身。

八、"对人要和气,不要给人脸色看"

祖母做媳妇时才十八岁,先受婆婆的规矩,太婆婆姓胡,家里是地主成分,太婆婆在家做姑娘就很泼辣,连她父亲还让她三分。她对祖父祖母的事自然就要管束太多。祖母跟我说:"婆婆再狠,我不能记她的仇,她就我一个媳妇。姑奶奶嫁到城里,子女多,难得回来一次,她生病后,还不是我为她洗啊煮啊?她瘫下来不能动了,知道我对她没有坏心,不知多少次说过,云标妈妈,你将来有福享呢,你有三个儿子。"祖母三个儿子,三个媳妇,婆媳关系是最头疼的家庭关系。在祖母面前,媳妇们偶尔也会说点"分家不公"之类的陈芝麻烂谷子的话,家庭有点矛盾了,甚至还给祖母脸色看。祖母常为此感到心酸,一人守寡把三个儿子带出来,已经万般艰难,哪里还有什么家私可分?我小时候,祖母常对我说,你将来做媳妇记住奶奶的话,不要对婆婆高声高语,不要给人脸色看,都是一家人,没有一个婆婆对媳妇坏心的。

九、"早霞不出门,晚霞行千里"

这是祖母日常说得较多的一句话。祖母非常关心天气,她总是想确切地知道第二天的晴和阴、风和雨。祖母除了看天象,还每天准时打开收音机或听广播,"下面播送天气预报……"祖母只要听到这句话,她就竖起耳朵,让我们不讲话。祖母每天关心天气,倒不是关心田间农活,而是关心厨房烧锅草和衣服的洗濯晾晒。一是家里的烧锅草大都是祖母准备,如果预报下雨,祖母会提前把烧锅草抱回家,或将草上盖上防雨的塑料薄膜;二是那时家里每人换洗的衣服并不多,如果下雨,衣服就没得干,祖母都要提前做好准备。

十、"三年两头闰，三年两不闰"

这句话仅十个字，含义却深，是包涵天文地理的一句话。想懂的人分析一下就能懂，不想懂的人也许一辈子也难懂。"大道至简"，这是一句关于闰年规律极通俗的总结。祖母说，这是古人说的。我听得懵懵懂懂，而祖母是懂的，经年累月，祖母活出了怎样的心知心觉？

十一、"人一辈子，几十节子才活到老呢"

祖母活了近一个世纪，对世态炎凉、人情冷暖也看得很透。人生总是起起落落，哪有一帆风顺？祖母说这句话时，她是想用自己的人生阅历告诉我们，人活得不如意时，咬咬牙，不怕苦，哪怕脱掉几层皮，也要把日子过下去；人活得顺风顺水时，要稳重，要记得自己吃过的苦，帮助不如自己的人，不要高高在上，把人不放在眼里。"人这一辈子，几十节子才活到老呢！"祖母说到这句话时，她一定会讲几个身边的故事来印证这个道理。

十二、"求人不如求自己"

祖母说，人不能懒。自己能做的事自己做。她常说"早起三光，迟起三慌"。就是叫人不睡懒觉，每天早起，这样就能把家里家外收拾得妥妥当当的，自己事自己做，不到万不得已不要求人，求人不如求自己，求人就欠人家情分，情分难补啊。

十三、"比上不足，比下有余"

祖母起初说这句话，我一点都不理解。我不明白"上"和"下"在这里是什么意思，也没去深究。有一天突然懂了，才悟出其中的禅意。在现世中生存，人要有一种平衡的智慧。有时候，学会了平衡，就和世俗达成某种和解，找准自己的位置。更重要的是，生活会逼着你去学会平衡，要不然，人在失衡的状态中，不是疯掉，就是会被伤害到。真的。

十四、"人再有钱，要有命来压"

二十世纪八十年代中期，我们公社出现了几位"万元户"，广播里常常会听到他们的发财之道，公社大会、小会为他们披红戴花，他们成了乡间家家户户知晓的大名人。好像没几年，有一位姓蔡的"万元户"传出突然离世的消息，是烧窑制砖的老板，也是我们村里一家的近亲。消息传来，村人唏嘘。祖母感叹："人再有钱，要有命来压呢。"祖母说这句话时，她一定也想到了很多人的命运，包括她自己的命，祖母信命。

十五、"力养一人，字养千口"

这句话，是三叔家大女儿，我的堂妹琴告诉我的。她说，祖母对她说过很多话,有一句话,她不会忘掉"力养一人,字养千口"。祖母是知晓读书的意义的,她常说自己书读得少,要不然也可以和祖父一起进供销社找个工作。最困难时,她还坚持把二叔读到初中毕业,送去部队当兵。这句话从一个识字不多的乡村老人口里说出,甚有一种反差的力量。我初听到这八个字时,吃惊不小。

第三辑

我把村庄带回家

乡下人对土地怀有的那份感情，是复杂的。

尽管曾经有着远离土地的迫切和誓言，但土地总有母亲的宽厚仁慈，养育一方人也宽容一方人。

它默默为每一个远离它的子民祝福，也从不拒绝一个游子的归来。

春天里

春天，繁花盛开，独念故乡之田野上漫漫洒洒的油菜花，那火火的野性，正燃烧成三月的诗篇。

记不得儿时春天里，是否用浓彩的笔墨写过油菜花。也许没有，那时，没有把花当作花，也不是赏花人，花，安安静静开，结它的籽；人，真真切切忙，做自己的事。一年一季，只觉春天的好，好在油菜花开时，可以甩掉厚厚的棉袄，在田野上疯跑，爬树挑野菜拔茅针。

清明节前，学校要组织一次集体扫墓活动，全校师生隆重出场，戴上鲜艳的红领巾排队前行。烈士墓前，老师讲烈士生平，学生代表发言，默哀，撒土，仪式庄严，我们幼稚的心灵里住进过一个枪林弹雨、英勇无畏的春天。

那年，也是油菜花开的季节，学校要提前拍毕业照，那次来照相的是我家城里的亲戚，他特意选在油菜花开的季节来，一定不想辜负春天自然的色彩吧！我们的笑脸在油菜花地里绽放，遥远的春天，定格在我们童年的背影里，岁月不老，春天不老。

多年过去，在镇广播站谋得播音一职，有一档"文艺天地"栏目，常播出原创散文或诗歌。那天，我的同学艳，在油菜花开的春天里，投稿一首小诗，全诗已记不得。第一句却难忘：油菜花开，就像无数双小手举着小铃铛……这个意象真是精彩绝妙。艳和我同龄，文艺小清新女子，我们很要好，高中毕业后，曾通信了很长时间，信总是写得好长好长，而如今，我不论怎么想，也想不出那时到底写了什么。能记住的，还是那句写油菜花的诗，清新莞尔，如同艳本身，真切可爱。

2020年春天，如约而来。乡村老了，菜花麦苗还在努力生长，我为它们的命运担忧。这片土地，已有一半被征用，故乡的春天如果没有了油菜花，没有了青青的麦苗，那是何等黯然失色的春天！

走在故乡的路上，对于那些日渐衰老的长辈，我已成为陌生之人。他们熟悉油菜花结籽的喜悦，熟悉麦子五月的锋芒，怎会熟悉我已中年的面庞……

新洋港边，有一条大船，岸上还搭了一个小木屋，这里是一户老渔民，姓周。我们去时，老周正从网里取鱼，那鱼活蹦乱跳，叫人好不喜欢，我们想买两斤野生鱼带回家，称好结账，老周说，没有微信。我们有些弱弱的失望，准备把鱼倒回水桶去。老周连忙止住，说不要不要，你们带走吧。我怕他担心，忙告诉他我父亲的名字，并保证下次来带现金还钱。他说，不要紧，不要紧，连电话都不肯留。

即将离开村子时，同姓哑巴家婶子认出了我，热情喊我们到她家临时搭建的工棚里，抓出一把炒熟的瓜种塞到我们手上，工棚很小，有些杂乱，除了床铺，进门有一菩萨供像，像前，一盘水果一炉香。她说，拆迁还没拿到安置房，家还没搬，这里就是家。

那块亲切的土地上，已没有我的家。我今天在六楼的阳台上，看小区外各色花开，独不见油菜花。我的油菜花开在顺潭港开阔的田野，开在我永不褪色的儿时的春天里。

老家的秋

天色阴沉，还下了几滴雨。

坐在老家邻居的屋前，书打开，一个字也看不进去。

鸟鸣啾啾，满眼的果实，花开。所有的庄稼都在秋风中努力生长，它们最能感知季节的无情，寒风凛冽，雨雪纷飞之时，它们终将老去，一片一片落叶，一点一点干枯，一层一层归于尘土，这是宿命。

到邻居陈七爷家码头钓鱼，说是家，实际就是一个小棚子，拆迁以后还有几亩地未被征用，搭个棚子在这里过日子，养鸡，种庄稼。他驼背厉害，看我们去，就放下锄头，问我们是哪里的。我介绍自己后，他笑，原来你是江老师家的啊，看你也不年轻了啊！是的，多年不见，岁月不老容颜老。

他一直和我聊，又跑到河边和我先生聊，好像我们就是他多年未见的亲人，有聊不完的家长里短。

到对河唐二嫂家，她看我拍她家的扁豆花，连忙找个小袋子给我，让我摘点扁豆带回家，草堆旁瓠子长得好看，细长秀身，像个迷人的小妖精，忍不住摘下……

二嫂从小得脑炎，留有后遗症，走路左腿不得力，只能干很少的农活，她丈夫成天在外打工，帮人家下货，要到晚上九十点才回来。她说，白天很冷清，连个说话的人也没有。儿子在外打工，二十七岁了，还没找女朋友，婚礼定金就要十几万元，焦心思呢。二嫂其实和我并不熟，她嫁到我们庄上时，我家已经搬离顺潭港了，我回家游玩时，常经过她家，她就记住了我。她帮我摘了好多扁豆，然后回到家里，从冰箱里又拿回一大袋熟玉米给我，我想推辞，但不能，我要带回家，这是她难得的一份心意啊！

天色一点点暗下来，河水静得叫人心疼，麻雀归巢也小心翼翼的，一声低于一声，像是怕打扰了谁。云也淡了，模糊得没有轮廓……

你来，有麦香

我有半天假，去了乡下。想给你带个信，油菜结籽了，麦子灌浆了，蚕豆挂角了，还有玉米苗走出大棚也有模有样了。

乡下的风很大，新洋港的水浪自然也大，一只白鹭，在大浪之上逆风飞翔。大叶子杨树一排一排威武如仪仗方队，它们保护着村庄，再大的风，再大的浪，村庄依然那么恬静安详，四月的村庄，静静地孕育吧！

我带了一杯茶，两本书，还有几块牛轧糖，准备静静地陪人去钓鱼。可惜，我的脚步停不住，走过一块又一块庄稼地，抬头，低头，那些云彩，那些果实，那些开在路边的野花，还有那双蝴蝶，那只蜻蜓，那些杂草丛生的田埂，都属于今天的我，今天，我拥有一个人的村庄。

人家的门大都上着锁，他们去哪儿了呢？跑了一圈，我在唐二妈家走廊里看到一张椅子，坐上去歇歇，喝杯茶，读了一会儿书,太阳就落山了。

钓鱼的人钓了一个下午,只钓了两条小鱼。我说,放生!他照办,笑笑,右肩扛着重重的渔具箱,左手拎只小空桶回家。

有空到东海来玩玩啊!这里的云好看,水好看,就是水草多了起来。五月,你来,有麦香!

冬日村庄

新洋港的水，无风也起浪，浪大，鱼就不肯入网。那些鱼，也乘风破浪去东海里浪浪了吧？

小闸口有棵很老的苦楝树，楝树果子不能吃，可卖钱，那时，六分钱一斤，供销社敞开收购。很少有人提起它的作用，传说，可以做肥皂。这原是苏北乡村最平常的树种，现在却很少看到。

鸟窝在村庄的中央高悬，还村庄一颗跳动的心脏。是的，正因为它在跳动，村庄才不会真正变老。

我走过田埂，走过那些收割后空旷的稻田，走过略有弹性的小路，我的注意力并不在脚下，路边杂草丛生，路的线条已很模糊。我想起小时候，想起母亲在田间汗流浃背的劳作；想起没有星星的夜晚，摸黑走过一大块庄稼地，陪祖母回到她的小屋。

祖母的小屋早就坍塌。而两扇木门依然把守在原地，锁扣上至今还挂着一把铜锁。每次去，我依然要扒开草藤，去看那扇门，去看那把锁。

同去的丽，小时在城里长大，跑了一个庄子，也没能分清油菜和萝卜的区别。我拔了老邻居家的一个萝卜，告诉她，看，这是萝卜。她连叶子都舍不得揪掉，一起带回城里，她家今晚，就多了些鲜嫩的绿色。我忘了告诉她，如果细嗅，可闻到一种菜叶的香，略麻，可腌制咸菜。我母亲说过，小时候，她家人口多，姊妹七八个，每到这个季节，外婆要腌一大缸萝卜叶子。穷，萝卜卖钱，叶子也舍不得扔，腌制好，一大碗一大碗的，就这样糊粥喝。

一片云所能带走的

那天,老家顺潭港的阳光分外明亮,三月的天空下,满目的麦绿正渐渐晕染整个大地。我和弟弟专程去老家祖母坟前烧纸钱,那天,是祖母去世两周年的祭日。

田野里没有高大的庄稼阻挡视线的伸展,一眼看去,整个村庄安静得像是从画中刚刚走出来,又像被雨水洗刷过一样,干净且富有艺术的澄澈。几个乡邻正在远处田地里干活,也并没因我们突然到来打扰他们。也许,他们根本就认不出我们。多少年了,我们和村庄保持着这样一段固有的距离,一段无法再贴近的距离,偶尔回去,却不能入住,都是匆匆过往。我们只是喜欢将镜头对准祖母曾经的小屋,对准家乡后面的那条河流,对准我们从没玩够的大堤上那些高大的树干,还有那正从头顶上飘过的几朵白云……

我们在这里生,在这里长,在这里见识人世间的冷暖人生,在这里感受命运的词典里一种叫苦难的滋味;在这里,我看到眼泪在他们眼里打转，我看到汗水在他们额上流出，看到生活的艰辛在他们肩头烙下的累累伤痕，看到一个顶梁柱的中年男人某天却只剩下一座坟。他们是我的乡邻，是我眼里最亲切的人。

那天，天空一碧如洗，没有半点杂色。祖母的坟在大堤南侧，阳光照耀着一排旧坟，它们安然地在阳光下与村庄融为一体，又像是村庄的守护者。离祖母坟头不远的地方，我们都注意到有一个新的小廓，上面还没有刻上逝者的名字。只是显示着两个姓。我想起了年前母亲的担心，说老家孙四妈因心脏积水，病情恶化，医院都下几次病危通知书了，不知能否熬过这个年。很明显，这是孙四爷为四妈准备的另一个"家"。当时，父亲还对四爷的做法有点不理解，说，活着的人，如何面对这样的"准备"？让四妈如何承受这生死两重的绝望？

今天，父亲打来电话，说，下午要去老家一趟，孙四妈真的走了。按辈分，四妈是祖母的娘侄媳妇，是我的表婶。那天，我们回老家，她一定躺在病床上，但我们又不忍心去打扰她，从心底里，我是不想看到她病痛中的样子，我希望永远记得的是她那张清瘦又亲善的笑脸。

近几年，老家那边不时传来这样的消息。每次，心里都有一丝悲凉，他们就如秋天的落叶，一片一片凋零。他们和我或远或近都有着血脉或情感上的联系，他们的远去，其实也把我们生命中的某一部分带走了。到底带走了什么呢？我一时难以肯定地回答。我想，那里一定有我对他们的爱，一种发自内心的对故土对亲人的爱。

　　那天，开车离开村庄的时候，我和弟弟都情不自禁地又仰起头看看天空，天空仍然清澈无云，我们带不走这样的天空，我们更不能带走这片大地，如果，有一片云可以带走天空，我们相信，一片云所能带走的就是我们心中最难舍的，我们也是一片云，在家乡的天空上，我们总是悄悄地把它变成雨水或泪滴。

赤豆棒冰换来的梦想

因为人活着必要有一个最美的梦想。

——史铁生

小学四年级时,学校操场边一户卖徽子的人家,新买了一台黑白电视机。老板很善经营,我们小学生那时身边多多少少总会有点零花钱,天时之外又占地利,大多数学生进入校园,必须从他家门前经过,他看准这一商机,做起了看电视收费的生意。

中午上学时,电视播放的是"午间新闻"或"动物世界"之类的节目,老板明码标价两分钱看一个节目,五分钱看两个节目。他把堂屋门关着,只留指头大的缝隙,诱得人心里痒痒的。很多次,我从门缝里窥看一番后,把小手里准备买棒冰的钱不太情愿地送到老板的大手里,老板接过钱,开门,让座，然后我带着现在 VIP（贵宾）那样的优越感，坐下看电视。因为自己花了钱，眼睛张得很大，简直想把老板家的电视吃进去。

也就是从那时候起，对在电视里说话的主持人我感到遥不可及，全国人民都目不转睛看他一人，都听他一人说话，主持人普通话更是好听，人也好看。这是多么体面多么受人尊重的职业啊！也许从那时起，我心里就埋下一颗种子，梦想着如果那个电视里的主持人是我……天啊，想都不敢想，但还是想了，我想做一个把普通话说好、能做节目主持的人。

不知谁说过，梦想是暗夜里的灯塔。那个乡下姑娘把梦想暗暗铺长。没有专业老师指导，就跟着电视收音机里的播音员学习，并用世界上最笨最土的方法——背字典，先把字音认清楚，读熟透。她可以不专业，但始终没有放弃儿时那可怜幼稚的梦想。那梦想也许只是一根赤豆棒冰换来的。

多少年过去，这样的梦想竟然有了实现的可能。多少次，她拿起麦克风踏着酝酿好的节奏走向神圣的舞台中央；多少次，她备好稿件坐到麦克风前，深呼吸后吐出带着某种情绪的第一个字……

我把村庄带回家

一、

春节前,母亲带回个信息——老家可能要拆迁。

听到"拆迁",我的心猛地揪了一下。真的拆了,我的村庄就再没有了啊。

二十年前,我们全家搬离顺潭港,房子转卖,承包地转让给了孙姓邻居。屋后的几分自留地母亲固执地留下,一直自己种。这次村庄是部分拆迁,我家卖出去的老宅和母亲的几分地都在其中。

二、

春节后,拆迁的风声越来越紧。那些日,我竟失眠多次。

想到母亲失去土地后的怅然若失,想到父母曾用大半辈子积蓄和多少年积聚的苦力完成的作品——三间两厨红砖青瓦的房子——将变为废墟，然后在这个世界消逝，变成时代变迁里永不被提起的一段过往，变成工业文明规划图纸上毫不起眼的一块空白。

还有，还有像冰糖葫芦串在一起的邻居们，也将彻底走散，"乡情""乡亲"渐渐成为被时代冰冻的词语，失去了土地之上鲜活的气息，失去了朝夕相伴固有的温度。村庄的凋零，是邻人的散落，是三间两厨的坍塌，是乡音走向城市又淹没在城市里的荒凉。

自从离开老家，虽说远离了乡村的苦力，但母亲从没有丧失对土地的信仰。她在镇上跟着泥瓦匠做过小工，也曾踏个三轮在街头卖过鸡蛋饼，没帮我们带孩子前，还打过各种杂工，而这些苦力的付出，没有一样比在自己的土地上劳作，更让她感到踏实和自信。虽然只有几分地，虽然来去要跑近三十里路，甚至吃公粮的父亲因为担心母亲来回路上安全，曾几次拉下脸不许再种那几分地，母亲都没有"屈服"。她仍像村庄上最地道的农民，按照农历节气安排农事。母亲说："我就种些懒庄稼。"这些懒庄稼有油菜、玉米、黄豆、花生、蚕豆、萝卜、芋头、红薯等。油菜籽榨油，玉米做年糕，各种绿色蔬菜全家吃得安然放心。母亲在劳作中获得了城市从未给予过她的满足感和幸福感。

三、

我不得不承认，我曾在心里多少次要发誓走出这块土地，要摆脱"农民"身份。为了走出这块土地，我在内心的庙堂里不知烧了多少高香，种下多少祈望！

也许是为了远离这没日没夜的耕种劳作，也许是为了躲避"两上交"，1997年，父亲咬牙切齿带我们搬离母亲深爱和依赖的农庄。我也随之磕磕绊绊地走向现代化机器的车间，走向亮堂的办公室，走向互联网联通世界的角角落落。这一切，似乎已实现了当年一心想脱离乡村、脱离农业、脱离土地的梦想。

四、

"我们没有根，我们都是城市的浮萍。"有一天，疲倦的我在六层楼的新家里却写下这样的句子。

也许是年龄的增长，也许是涌动的乡愁。在离开乡村二十年后，我对乡村和土地的感情是带有某种诗意的，它超乎了现实，也许正是这一点，我每次再回到那块土地，就会生出游子一样的情怀，我多么希望我的村庄能够完整地保存下去，能够作为我们漂泊灵魂的背景给我们以支撑甚至荣耀。

"让村庄安全完整地活下去，只是我的一厢情愿。"我清醒地告诉自己。

五、

在我心灵的版图上，我的村庄没有任何风景可以替代，她是唯一的，也是神圣的。

五年前，九十三岁高龄的祖母离开了我们，如她生前所愿，回到祖父的身边，永远安息在老家的大堤脚下。

祖母走后的日子，我总感觉到世界哪块地方有了一个窟窿，再也不能完满。偶尔在月亮很好的晚上，我总是凝神细想：这样的月光照着我，也会照着我的村庄，月亮的光辉一定也洒在了祖母五尺高的坟头前。星空之下，血脉之情是不是会牵系得更紧？

因为一份惦念，我常回老家看看，尽管那里已没有我的家。前年深秋，我回村庄，发现祖母曾经的小屋已坍塌了。晚上回来，我在日记里写下这样的句子：

祖母的小屋
曾经装满我整个童年
如今，砖落檐塌
站在它身旁，我
想起祖母的白发
还有锅灶口
溢出的米粥香

我多想还是那个
扎着羊角辫的小姑娘
祖母牵着我的手
走过雪一样的月光

当我睡上小木床
祖母放下蚊帐
摇着蒲扇
为我唱一曲赵五娘

每次走在村里那条穿越田间的小路,我总把视线越过一片庄稼地,远望着大堤脚下祖母安息的地方;有时,我会站在新洋港边的大堤上,静静地看着夕阳一点一点沉入西天……那一刻,我的内心总是无比踏实和宁静,那些在城市打拼的辛苦或疲惫,那些说不出的委屈或失意,都统统退场。在围绕着祖母气息的天空下,我获得一种别人无法感受的力量,神赐一般的力量。因为,我相信,深爱我的祖母,即使她已没有了可拥抱的身体,但她的灵魂一定在某个地方护佑着我。

有时候,我们总以为自己很强大,而当一种爱突然在生命中消失的时候,才会发现自己有多脆弱,脆弱到需要通过无尽的思念来抚平岁月留下的伤疤。

六、

四月，油菜花开的季节，老家村庄必然也开得烂漫。不久，母亲从老家回来，告诉我确切的消息。

"房子全推倒了哇。"

"那人呢？"

"各奔东西。"

"那地呢？"

"村里量过了。还没个说法。"

我突然为那块土地以及还未来得及收割的庄稼担心起来。

我该去看看它们，和它们道别。

七、

沿着河边的小路向北，眼前突然出现了虚幻。尽管早就听说房子已被推倒，但当一堆堆碎砖瓦砾出现在眼前时，我像是走进了从没到过的地方，恍惚不已。

土地上的作物开花的开花，结籽的结籽。几只母鸡在一堆瓦砾前寻找着食物。它们的命运也看得见了。

我努力在瓦砾中一一寻找和辨别每家每户和它们从前主人的身影。我记得他们每一张黝黑的面孔，他们唤我乳名时的语调和声音，还有远远互相打招呼时的亲切和热情。岁月迁移人沧桑，唯有心不凉。

走到我家老宅基地，我停留了好些时刻。我干脆坐在一片瓦砾中呆望着天空。"我要坐下来，让我悲伤一会儿。"像是跟自己开玩笑，又像是和一所老宅做最后的告别。我前后转了几圈，不知能做些什么。地上杂乱堆积着的红砖色泽鲜艳，像是窑里新出炉的一样。我想起父母为了盖这个房子一船船装砖，一船船运土；想起在这所房子里，我和祖母、母亲晒着冬天里温暖的太阳，听着老唱片的时光；想起一次次远离又回到它身边的某些时刻。我能做些什么呢？随手在瓦砾中捡起一块红砖，砖提在手上是有些重量的，似乎已经很久感受不到一块砖的重量了。我要把它带回家。它曾为我们全家遮风挡雨，身上有过我们的气息，我要带上它，就像带着从前那个温暖的家。

再向北几步路，就是母亲一直种着的自留地。年后来过一次，那时油菜还贴着地面长，今天看，油菜已高出我的头顶，油菜荚粒粒饱满，像是怀孕的新娘，等待一次伟大的分娩。

我用眼光摩挲着它们。像是致敬，又像是道别。它们将是这块土地上最后一季庄稼。油菜地旁，一大片豌豆花在风中摇曳着，迷人的花朵啊，我也与你们告别。

走到童年伙伴小芹的家，房子还没被推倒。小芹妈妈在忙着杀鸡。看到我，很是吃惊。

"你怎么来的？"

"听说要拆迁了，我来看看。"

"就我家没拆了,和村里干部商量,多留了几天。因为老太在我家要住完一个月,要不也早搬了。我在这里再睡最后一晚,明天就走。"

"到哪儿去?"

"去我二女儿家先临时住。"

"那老太不跟你们走?"

"三个儿子轮着养。明天去二爷家。"

"老太呢?"

"她出去走走了,她说,以后这里就没她家了。"

我没见到和祖母差不多同龄的小芹奶奶,她已经有九十三岁了吧,也该是庄子里最老的老人了。

八、

乡下人对土地怀有的那份感情,是复杂的。

尽管曾经有着远离土地的迫切和誓言,但土地总有母亲的宽厚仁慈,养育一方人也宽容一方人。

它默默为每一个远离它的子民祝福,也从不拒绝一个游子的归来。

"为什么我的眼里常含泪水,因为我对这土地爱得深沉。"和艾青"深沉的爱"相比,我的爱又深沉在哪里?

我是这块土地上生长起来的,也是喝着这块土地上的水、吃着这块土地上的五谷杂粮长大的,无论走向哪里,总有一段情牵系着我。当初逃离得那么决绝，也许没想到后来会在某个深夜，仍惦念着儿时星空下的追逐和奔跑、惦念着乡邻亲切地呼唤、惦念着静谧的夜里村庄上那几声狗吠。

对于这片土地，怀着敬意之心的同时，我也有一点愧疚之心。我也许不能算是一个常怀感恩之心的人。这么多年，何曾想过要为我的村庄、我的土地做些什么？

那一次，在诗人孙昕晨的新书《也亲切 也孤单》的分享会上，诗人说，等我退休后，我要回到老家，为老家农村的孩子做些事，我要告诉他们如何更好地融入城市，如何在城市里不被欺骗，如何多读书，活得更体面也更有尊严。

我是乡下的孩子，乡下人也许更能懂得，身在城市而与城市所保持的那段无形距离，远离乡村却和乡村从没有断裂过的那份血脉之情。

九、

黄昏降临。我离开我的村庄。

和小芹妈妈告别，在她家写着大大的"拆"字的厨房前，我挽着她，合了影。

和四月里生长的作物告别，和几只正在寻找食物的母鸡告别，和已被拆成瓦砾的老宅告别。

走到村口，同姓合桌祭祖的哑巴婶子喊住了我。她把地里的莴苣割下来，非要送我一袋子。她告诉我：儿子一家四口去他媳妇娘家暂住,她和哑巴大伯住在河对面的小棚子里。

"有什么办法,你大伯没个嘴,我们就将就些过下去呗。"

我带上婶婶给的莴苣,开向城市里的家。一路上,车厢里弥漫着清新的莴苣香。

我把村庄带回家。

小学旧址

竟然还有一道大半截的围墙。竟然没被推倒。

这里是村小学旧址。曾经书声琅琅、嬉闹欢笑。

原两排教室。之间是操场。一排或很多排榆树在教室后面。那些树郁郁葱葱，竟然还在。

从家到学校，要走三段路，要有三个左拐，要过一座三个板子的水泥桥。桥头两边曾是村子的核心地带，一边是村庄制高点——镇潭村村委会，一边是商业制高点——杂货铺、粮油加工坊。

现在，学校变为农田，村委会变成孤寡老人寄住地，油坊杂货铺也毫无踪迹，已是一块长势较好的菜园。此刻，这里阳光暖照，天空澄蓝。西南风，风在水上走。

中午时分，田间无人。只有一群大白鸟飞来飞去，比麻雀优雅，它们在麦地里啄食，享受大餐。

校门口那户姓孙，他们家曾是学校的校工，为学校打扫或为老师烧饭。下雨天，我们不回，跟父亲在学校吃大伙饭。他们家门总是关着，去了几次，都没遇到人，男主人不在了，女主人也有八十岁了吧。想必她很健康，门前屋后蔬菜齐整整绿油油的。门前一棵杨桃树树干粗壮，桃子密密地挂了一树。

小学在这里读了七年，一年级留了一级。

读完小学，我就离开村子到镇上读初中。毕业那年，父亲教我语文，班主任。最后一堂晚读课我很少上完，父亲说，小华子，你先回家烧晚饭吧，或是，你先回家帮你妈妈摘棉花吧。我就是那个经常提早放学的小女孩，一个人孤单地小跑在放学的路上，不管情愿不情愿，我从不抱怨，为父母分担家务或农活，是乡下孩子的本分。

回头看，围墙的红砖鲜亮有光泽，清晰可辨墙上残存的两个白石灰水刷出的字——"教育"。字体严肃而工整，不知是不是多年前父亲的"书法作品"。"教育"二字给我以欣慰。就像一颗牙掉了很久，牙根还在，掉牙时的那份痛还在。五月，树荫浓绿，风中恍惚飘着五分钱一块薄荷泡泡糖的味道。

雪后

从第一片雪花落地的那一刻，我就暗暗地想，能否抽空回顺潭港一趟？我已很多年没看到雪后的村庄了。

这一段时间，很多事集中在手上，脑子里装不下风风雨雨，却意外等来一场雪。

儿时的雪，是裹挟着刺骨的西北风刮在耳边，呼啦啦，呼啦啦，就像要把耳朵撕碎一样。尽管这样，没人抱怨一句冷，总是大呼大喊着：下雪了，下雪了！雪花飞舞的黄昏，我总是傻傻地站在门边，看着天和地旋转起来，想象着白雪公主童话世界的美妙，直到那盏煤油灯照亮木桌上冒着热气的山芋粥。

多少年来，每到冬季来临，心里总有对一场雪的期待。而每次下雪，我总是想到我的村庄。我是不是有些固执，非要看到雪落在菜地里，落在草垛上，落在麦田里，才叫下雪？甚至，我一定要在下雪的夜里，听到几声狗吠，才叫下雪？

下雪的那天早上，停在室外的车子覆上厚厚一层雪。因为急于上班，我略有为难地在车上找到一张通行证，用力刮掉车窗上的积雪，然后发动，踩油门，小心上路。城市的雪，少了村庄雪野的开阔，高楼大厦之间，路越来越宽，越来越直，容不下漫舞的雪花耍性撒野。扳动方向盘的那一瞬间，我就想，我要到我的村庄去看雪。

那天下午，我一人开车直奔我的村庄，我要看我那雪后的村庄。看雪——落在菜地里，落在草垛上，落在麦田里，落在我温暖的记忆里。

幸好，雪还在。积雪折射出的白光，使整个村庄更白更亮。沿着田野间那条熟悉的小路缓缓走着，呼吸着旷野间干净清新的寒气，人和心似乎也突然变得爽净起来。

到了林间，地上有些潮湿，走几步就站在原地呆望着眼前的树林。枝杈间的积雪若有若无，令人有种诗意表达的渴望，又怕多说一句话就会惊扰这份雪后的静寂。树叶脱落后的净直，在雪的映照下，更加洒脱和从容。抬头看天，是冬日冷峻的高远，在大块大块灰色的云端之上，仍能感到阳光在努力地直射下来，天空下，有树，有我，有村庄。雪正在悄悄地融化。

遇到小怀子妈妈，她很惊讶，这么冷的天，怎么一个人跑来村子里？我说我来看雪。她笑笑，就这样站在她家屋后，和我聊起多年前的往事,而她说起还有一个女儿比小怀子大,七岁时不幸夭折,我却是第一次听说。

她家紧靠我祖母的小屋,我有意在那多停留了一会儿。祖母小屋的后墙已被堤上的两棵大树压倒,不禁怅然。

小屋后面的土坡上,雪还很厚。我从地上捡起一根树枝,在雪上写下一个大大的"江"字。一笔一画,一个村庄装不下。

锈迹斑斑的锁

一个满是锈斑的锁

守护着

一座无屋顶房子的

朽门。

——阿巴斯·基阿鲁斯达米

顺潭港，很小。几十户人家，总是沾亲带故的。我家江姓，男子几代单传，女子远嫁他乡，到我父辈，兄弟三人，两个叔叔去别处安家，唯有父亲辗转乡间做一名教书匠。我家是第一生产队，江姓是庄上的独姓人家。好在祖母的娘家姓孙，庄上姓孙的，大都和我们是表亲。从姓氏上，我们是弱势的。但父亲的职业和才情，不仅弥补了这种弱势，甚至赢得了更多的体面和尊重。

清明，回老家。大大小小十几口人，一起去祭拜祖先。三个是我的小辈，最小的侄子侄女已九岁了。祖母九十三岁离世，那时，他们还没出生。他们只能从墓碑上的名字感受祖先的概念。

小侄女很喜欢听我讲家族的故事，她每次回老家，都要去看大堤脚下她曾祖母的小屋，去看那两扇依然站立的门，以及门上锈迹斑斑的锁。尽管屋已坍塌，只剩两面墙，每次看到锁还挂着，她就会激动起来喊，锁还在，还在呢。而小屋几乎被淹没在油菜花和杂草丛里，走进去并非容易，她执意还是走进比她还高的油菜花丛中，拨开荒草与荆棘，探身向里，问这问那。多少次她问我，这么小的屋子，能住三个人吗？那你们有厨房和洗手间吗？不能要求一个孩子住惯了宽敞的套间，去想象我们那时清贫中的快乐。夏天，我们睡在祖母小床上，祖母一边帮我摇蒲扇，一边讲故事或唱老淮调给我们听；冬天，祖母灌个热水瓶，用毛巾包好，放在我的怀里或脚下。

祖母养的几只鸡和我们一样，也是祖母的命，每天晚上都会乖乖地"睡"在床头一个小饭桌的下面，天一亮就"咕咕"地叫起来。鸡一叫，祖母就起床，打扫小屋烧早饭。

村里那条连接东西两个庄子的中心路，已几乎被杂草掩盖。原来路边有一个大队房，队房后面是一个大池塘，池塘里养鱼，还有菱角，现在竟被各种杂物堆积，成了几乎和路面齐平的垃圾场。

那条路,我不知走过多少遍,多少次,是我搀着祖母的手走过。或早或晚,尤其是晚上,乡村的夜很黑,祖母白天到我家忙碌,晚上回到自己小屋。如因我家事务耽搁,我就成了祖母的伴,陪祖母搭伙一起到西庄的小屋。祖母偏要养几只鸡,就为这几只鸡,她决不肯在我家过夜。有一年,祖母在屋后大堤上还养了一只羊,本想到年底卖点钱贴补零用,因一晚回去迟了,羊被脖子上的绳索绕在树上,没能及时救活。祖母伤心不已,也没舍得卖给收羊人,挖个塘把羊埋了。自此后,祖母再也不养羊了。

祖母的小屋不通电,进了屋子,祖母就在锅台边摸火柴,摸到火柴再擦亮,点上煤油灯。光亮有限,祖母总是端着灯,先看看鸡归窝了没有,然后才放心上床睡觉。

祖母的小屋真是小,而有她在屋里忙碌,却那样温馨。朝南开一洞门,一扇窗,门是老房子拆迁下来的旧门。窗子很小,绿纱上打上好多个补丁。窗口有一张学生书桌,那一定是父亲从学校弄来的。桌上是一些瓶瓶罐罐,有一个陶罐是专门放鸡蛋的,罐有手提盖,拿取鸡蛋方便。

往事如烟,远了,淡了。现在,我一有机会,就会把祖母讲给我的故事再讲给小辈们听。他们最好能了解一点自己的家族往事,知道自己的根在哪里。这样,在他们未来的人生路上,每一步才能走得更踏实,更有底气。一把锈迹斑斑的锁,能锁住什么?房子没了屋顶,却有了更高更远的天空。有一天,这个房子会完全坍塌,一瓦一砖都不会留下,留下的是岁月缥缈,是云烟尘埃。

穿过田野的风

车停在农田中间新开的马路边,下车往东走半里路,才到东河的庄子。

我和女儿一起陪母亲来顺潭港,母亲想找庄上的江大姑,问问她前一年做白内障手术的情况。母亲眼睛不舒服已很久了,但她仍是老思想,有病不吱声,能挨就挨,她觉得小毛小病拖拖就过去了,花钱就像要她的命。而这一次她没办法再拖了,上周去医院检查,医生说是白内障,约好一周后做手术,母亲有些紧张。

七月小暑天,虽说气温持续走高。下午三点多,太阳却躲进了云层。下了车,迎面而来的是穿过田野的风,风驱走了热浪,吹在身上,感受到夏季里少有的凉爽。

母亲说,风真大啊,家里闷,空调开着也没这风吹得舒服。

就在我们停车的拐角,竖起了新的路标。这对乡村来说是新事物。东西路蓝标写着静潭路,南北绿标写着云溪路。我对女儿说,你看,我们乡间的路有了路名。这条路是庄子拆迁一半时新建的马路,紧靠原来村里唯一连接东西河庄子的羊肠小路,那条小路失去了被踩踏和行走的功能,渐渐地被遗忘,不多久就淹没在荒草之中。

路两边的田块整得平而开阔,统一种了水稻,水稻刚刚发芽,密密如针,鲜绿鲜绿。前年,我们生产队农民的承包地进行了土地流转,包给了种田老板机械化种植,原本高低不一的田块统一拉平,老队房周边的几排杨树不见了,杨树上那个大大的鸟窝也不见了。清明回老家时,小侄女到处找鸟窝。

这次回来,和我们相邻的生产队两匡田*,一匡也进行了流转,田块正在处理,还没来得及种庄稼。本来田间高大的几排杨树没了,就像一个人突然把长发剪短,光秃秃的,有点空,心中若有怅然。而另一匡田,因为有两户不肯签字,自己长了水稻。幸运的几排杨树还安稳地长在田野,风依然吹着它们密密如掌的叶,发出落雨般响亮的声音。从前小路两边那些野花野草也几乎全被拉平埋掉,挖出一条很深的水渠,机械化就是标准化,强调整齐划一,村庄的原始风貌或者说

---

* 旧时民间丈量土地的方式。以自然路界划分田块,"一匡"为30—50亩不等。其他方言区也称"一块""一片"等。

野性之美将会荡然无存。

把田包出去后,留守的或已搬迁到镇上的乡邻,还在老庄子上,想办法精耕细作家前屋后及沟沟渠渠边角料的田块。他们享受着每亩不足千元的流转费用,同时也可种点蔬菜自用。从经济的角度看,土地流转实际上是一种资源整合,对留守老人是一件幸事。

母亲本来也有一点自留地可种,后送给我们老邻居小芹妈妈种了。母亲并不是不想要这个田,而是种了小姨家的自留地,离家稍近,长蔬菜基本够吃。而小芹家前几年拆迁,没有可种蔬菜的地了。

我们到了庄子,江大姑不在家,说去田里锄黄豆草了。我们沿路去找她。路上遇到李家的老姐妹俩,互相问问年龄,都七十多岁了。她们是来帮妹妹家做农活的。两个人的面庞黝黑,笑起来也能依稀辨出她们年轻的样子。只是初初见面,寒暄两句,继续赶路。

我们走到江大姑的田头,母亲就直接和她聊起白内障手术情况,她得知来意,具体说了她的医治情况。她还安慰我母亲:不要怕,我现在很好,一点感觉也没有。就是做完手术回来,着急收油菜籽,当时可能淌汗了,医生让不要淌汗,也没大问题。

母亲聊了几句就放心了。于是,她们就站在田中间聊起农事。说起刚出土的黄豆芽被野兔子吃了,有什么办法赶走野兔子。江大姑说,她花了六十多元,买了几斤猪肉熬成汤,豆叶上全喷了猪肉汤汁。母亲教她一个好办法,说是用鱼肠子撒在田边,野兔就不会再来。我和女儿站在田边,相视而笑。前一年夏天,我在村子里看到野兔从我面前奔跑,我当作一个幸运的遇见告诉在北京读书的女儿。想到此,不觉心虚虚的。

往回走,风从田野四处吹来,又向四处吹去。我们走到路牌下,再次好奇地细看那个路标,上面有一个二维码。女儿拿出微信扫一扫,原来是对这条路的介绍。女儿说,妈妈,这地方原来叫"镇潭村"。我说,对的,乡镇的"镇",潭水的"潭"。女儿说,这个介绍上写的是"政潭村"。我压住一股小小的怒气和憋屈,不知该找谁说去。

不知该找谁。那一刻吹过来的风,依然吹向四野。

第四辑

我的诗篇

多少个黑白颠倒的夜晚
你不敢退却
你坚信土地里的果实
必要竭力生长
挣扎出泥土里更深的黑
才能迎接光明

我的诗篇

应热心公益的琼丹之约,看了一场纪录电影《我的诗篇》,影片由财经作家吴晓波导演。主角是几位最底层的打工者,爆破工、制衣工、充绒工、煤矿工人,以及一名已经跳楼自杀的富士康流水线上的员工……他们之所以被选为"主角",因为他们在业余时间都写诗。

印象最深的是爆破工陈年喜,他说"每一个卑微的骨头里都有江河"。他的《炸裂志》,我读一次,心揪疼一次。

他们是一群用生命写作的人。观影过程中,我想起自己二十多年来的一幕一幕。

我最早在车间谋生,从不会写诗,只会每天写一份生产报表,由班长签字后交给统计员,作为每月结算工资的依据。

我熟悉机器里的每一个关键零件,我知道它们运转的特性,就像熟悉家人的脾气。它们也会出毛病,一出毛病,这一天的报表就没法写了,也就是这一天的工资没了。所以,我们不敢得罪车间里的维修工，得罪不起，着急起来，自己也成了维修工。我知晓国产和进口工具的区别，哪一种更好用；我瞄一下六角螺丝帽，就知道用多少厘米直径口的螺丝扳手；我还知道机器和人一样需要呵护，不时要用油枪加加油。

如果你那时问我最大的梦想是什么？老实说，我就想做个班长，做车间主任就是妄想了。坐办公室是不敢想的，更不说谈诗了。谁会跟你谈诗？我们只谈产量、质量、重量。

"多少白天，多少黑夜，我就那样站着入睡。"富士康流水线上的工人许立志，生前在忍受无数失眠后，说出这句无依无助的话。

站着入睡，我体验极多。那时，我们的班次是"七到七"。白班是早上七点到晚上七点，夜班是晚上七点到次日七点，每天工作十二小时。白班见不着阳光，夜班看不到星辰。大夜班时，睡意袭来，满脑昏沉，双腿发软，两手无力，心头虚空。那时那刻，多么希望让身体躺下一会儿，像个人那样睡一会儿。

不行。机器不停，双手不停。假如合上眼，出了质量问题，谁来承担？不敢睡，只有哄自己："天快亮了，好了，接班的人要来了。"很多时候，就这样熬着。尽管辛苦，但那时很少有人抱怨，也几乎没有人随口说辞职。大家一样地认命，默默承受每日每夜。我们大都来自农村，和田间劳作相比，这里是天堂，不迎风不顶雨，没有霜冻没有雪寒，没有重活压身没有太阳干烤，这里是现代化的车间，干净又阔气，多少人想进都进不来啊！

这么多年过去了，现在想到"七到七"，还是有所恐惧，在半夜困到极点时，那种不能合眼而卧的痛苦，一直让我后怕。人毕竟是人，不是机器。从事这种高强度工作一年多，我生了一场大病，休息一个多月才上班。

当离开那里时，我曾有短暂的逃离感，但当走向后来的职场，我却无比感谢这段岁月。我没有白白受苦，只是进了一所社会大课堂，在这里所学到的沉默与忍受，也许一生受用。如今，再回首，一首诗岂可表达？

想来也是缘分，琼丹就是那时我的车间主任。我是班长。她是我上级。这是我为自己那段岁月写的一首诗：

多少个黑白颠倒的夜晚
你不敢退却
你坚信土地里的果实
必要竭力生长
挣扎出泥土里更深的黑
才能迎接光明

你把生活分成不可分割的两部分

你在汗水里读懂什么是尊严
你默默忍受、按部就班
就少了被虚荣绑架的风险

你仍然爱吃韭菜炒粉丝
把他们想象成
生命中一种朴素而迷人的滋味
就像蒲公英那小小的花朵
满腔赤诚地开在春天的田野

你谛听着生活
每一个原始的音节
生活教会你的
你将如数还给生活

蛤蟆子草

可能是受了寒凉，也可能没有忌嘴，早晨醒来后，咽喉炎发作起来：嗓子干燥，咽唾沫就疼。

生病的痛苦对我是双重的，除了生病本身，还有吃药。生病吃药本是常事，但我天生嗓子眼小，就是无法顺利吞进一粒药。胶囊或药片，放在舌头上，端起杯子时总是本能地紧张，水到了嘴里没上没下，药也就没上没下，常常要折腾好久，才能将一粒药吞下去。母亲说，别人吃药一口水，你总得要一大碗水。

为吃药不知让母亲操了多少心，小时候生病吃药，母亲先是哄，等我张开嘴，把一粒药放进舌根，并每次都要演示给我吃药的要点，一次不行，两次，总得要吞下去。有时看我那痛苦状，我急，母亲也急，就骂："无用到底了，一颗药都吃不下去。"

母亲知道我吃药的难处，前一年我患上咽喉炎后，母亲为我到处找偏方,听诊所里的医生说,蛤蟆子草泡茶喝,能治咽喉炎。母亲进城多年,对蛤蟆子草似乎也已陌生,前一年夏天,她到乡下的舅舅家屋后,挑了一种草回来,洗净,切碎,晒干,准备泡茶给我喝。当她这一切大功告成时,父亲一句话就把母亲的心浇凉了,父亲说:"你能保证这种草就是蛤蟆子草?假如把宝宝吃了中毒,怎么办啊?""那我先少泡点,喝了看看,没问题再泡给宝宝喝。"父亲不同意:"那可不行,中毒了,谁都是一样!"最终,母亲只得把那些散发着野草味的"药"当着毒药倒掉了。

没想到母亲不甘心,怎么会错呢?怎么有可能是毒草呢?她儿时在农村就熟识这种草的啊。今年春天,母亲再次去舅舅家,找蛤蟆子草。这一次,她确定了找到的就是蛤蟆子草。母亲还说,前一年只是因为去的季节不对,草长老了,不敢确定。

晚上下班后,母亲知道我咽喉炎发作,便停下手中的活儿,拿出晒干了的蛤蟆子草,让我自己泡了喝,一点也不像父亲担心会有毒。干草用小保鲜袋装着,满满的,拿在手里,比想象的轻。如取茶叶般,我取一些放进杯子,倒入开水。不一会儿,杯中的茶汁淡绿诱人,散发着自然的草香。我不禁琢磨起来,为啥叫这么难听的名字——蛤蟆子草呢?当水中的叶儿慢慢舒展开来,哦?原来,叶面都不是平整的,而是一个疙瘩一个疙瘩状,像极了蛤蟆的皮肤。凭此,我也更加确信这一定是蛤蟆子草了。于是,我大胆地喝了好几口,一杯喝下去,咽喉里也像舒服多了。过了几分钟,我连忙去告诉父亲:"不用担心,没毒。"父亲说:"有毒还让你喝吗?你妈妈把草晒干后,自己先泡了喝下一杯。你明天带点到班上泡了喝,以后多穿点衣服,可不要受凉。"

愧对一朵花开

小号花盆，粗瓷。泥土干瘪下去，一棵鸡蛋大的仙人球吃力地立着，根部有些颤巍巍，立不稳。"这花还能活吗？要不要搬到新办公室去？"我犹豫了一会儿，"还是带着吧，占不了多大地方。"

没过几天，同事来我办公室，欣喜地说："看，花！"我手头正忙着整理资料，转身看去，仙人球的顶部开出一朵桃红色的花，花瓣鲜亮，如女人的唇。

花搁在文件柜上，忙碌中，我从未对她多看一眼。此刻，我痴望着艳丽的花朵，突然心生愧意。

"这朵花一定是为我开的。"我暗自欢喜，拍个照片和艳分享，"这盆花是你送给我的吧？"艳说："不是，我送给你的那盆不开花，这花是红送的。"我如梦初醒，再次心生愧意。

大概四年前吧，在职场打拼了十几年的我，再次跳槽到一家金融单位，一下从管理岗位转到金融营销岗位。新环境、新市场、新业务对于我是莫大的挑战，我几乎挣扎着每个日夜，期望我的业务能从身边朋友开始。

我肯定不止一次地去拜访了红，她是我多年的好友，电视台首席编辑，人脉资源广泛，热爱养花。

那天，我要从她办公室出来时，被桌上一盆仙人球吸引住了。我说，我刚到新办公室，桌上没啥点缀，仙人球好养活，送给我吧。

红依依不舍地把花包好送给我，并说，每一盆花送给别人，就像姑娘出嫁，你这个婆婆要好好对待她。我满口答应，欢欢喜喜把花带到办公室。

业务挣扎了一年，终于在艳、红等好友帮助下，打开了局面。一年后，业务就翻倍增长。第二年初夏，我的仙人球开花了，开了两朵，也是这样的红，鲜润无比，红红火火，多么好的寓意。

又两年，原业务拓展顺利，业绩平稳。在这期间，公司还开展了信贷项目，我兼职奔波于信贷市场，再次接受业务转型的挑战。后来，信贷业务办公地点租到了新的场所，我是两头跑，偶尔回办公室去，哪有时间顾及一盆花？生命本身就是个奇迹，在无人问津的日子里，仙人球从不忘记生长。只要给她泥土，给她立足的根，她就能开出骄傲的花，没有任何人可以阻挡她的绽放。

面对这朵花，愧意难收。反观生活中很多事，常因为忙碌而有愧于心。祖母九十岁那年，我到一家生产企业履新职，面对生产、销售、管理等一切刚接手的新问题，感觉身心疲惫。公司虽离祖母家不远，开车最多二十分钟，而答应每周要去看祖母的承诺常不能兑现。一个周日下午，我去看祖母，祖母不在家。我想她腿脚不便，不会走远，便到前后邻居家去找。不一会儿，看到不远处祖母从邻居家回来，弓着腰，两手撑着一张小机子往前艰难挪步。我大声叫"奶奶，奶奶"，同时迎到她面前。祖母停下来，吃力地抬起头看我，看了好久，也没如以往那样亲切地喊出我的乳名。那一刻，我有些害怕了，怕祖母认不出我来了，赶紧说："我是小华子。"奶奶好不容易回过神来，说："宝宝，你有二十天不来了吧，我想你呢。"瞬间，泪如泉涌，我哪有这么忙，忙到让最亲近的老人在数着日子等我。虽然祖母已离开我六年多了，但这份愧意从未离开。在岁月的细缝中，我常念想起祖母，想起她忍悲含苦、执着辛劳的一生。祖母如果是一朵花，就是一朵耐旱耐寂寞的花，如仙人球。

多年的职场打拼，我从不愿把自己比作一朵花。在职场之路上，要想成为一朵花，那也只能是仙人球一样的花，耐旱、耐寂寞，只为生命本身开花。

小姨

年轻的小姨梳着两根麻花辫,大眼睛,朝气洋溢。每到暑假,小姨总会把我带回外婆家小住。外婆家屋后有一大片梨园,梨子虽已收获,但枝头上还会遗落下几只,很是诱人。黄昏时,天空干净幽蓝,成群结队的喜鹊在盘旋,我特别想吃梨时,小姨总会想办法用竹竿从树顶打下一只给我。

母亲姊妹六个中,小姨算是最有文化的。她是二十世纪八十年代的高考落榜生,三次高考,三次落榜,最后一次落榜的原因,叫人哭笑不得,那年高考作文是写一篇关于"园丁"的文字,小姨却在"圆圆的钉子"上大肆发挥,结果作文偏题,总分差三分与大学无缘。母亲每每说起此事,总是长长地叹息一声:她怎么这个脑子呢,要是再多考三分,一定不是现在这个命。

考不上大学,小姨无比失落,没过两年,就匆忙嫁给本村一个木匠。我们那时还小,小姨结婚那天,我们只顾数着手里的红包，没在意到小姨出嫁时有没有流泪。

姨夫家兄弟三人，家境不丰，弟兄之间也常有摩擦和隔阂。两个嫂嫂生的都是男孩，而小姨婚后第一胎生的却是女儿，这让小姨觉得在婆家很抬不起头来，便四处托人拿证生二胎。女儿三岁时，小姨如愿生了儿子。一家四口蜗居在一间小厨房里，挣钱砌房，供养儿女。那些年月，母亲最舍不得小姨，常把我和弟弟穿旧的衣服送给小姨的两个孩子穿。

小姨成天面朝土地，用自己的双手写着关于劳动的另一篇作文，根本不用担心会偏题了。她的家中也看不见一本书、一张报，只有到处摆放的农具、堆积的粮袋、还没来得及折叠换洗的衣服，麻花辫早剪成了短发，曾经年轻漂亮的小姨，永远留在了我的记忆中，一去不复返了。

从没问过小姨是否过得幸福。前两年，母亲一提到小姨，就有些愤愤不平，清官也难断的家务事，母亲也只有背后说说罢了。父亲撂出一句，你看你妹妹整天忙蔬菜，自己不收拾，家里也不收拾，就知道苦钱[*]！小姨是一个把土地看得很重的女人，她失去了书本，不能再失去土地。为了儿女的未来，为了家庭的地位，她学会了种菜园。一年四季，不管风雨霜冻，她凌晨三四点就起床，六七点钟已赶到菜市场，从摆地摊到现在租固定摊位，卖她自己种的菜，这一种一卖就二十多年。

---

[*] 方言，指赚钱，侧重辛苦钱的意思。

前一年，儿子考上大学的小姨负担更重了。家里的田被国家征用了一部分，蔬菜收成少了一半，她决定花几千元买辆电动三轮车，再贩卖一些蔬菜，不论多苦也要挣钱把日子过得松快一些。对于小姨来说，没有比劳动比卖菜更重要的事。

前不久，小姨参加了毕业三十年高中同学聚会，她跟我说起，班上很多同学都有出息，有做公务员的，有做医生的，有自己做老板的，像她这样嫁在农村的不是很多。小姨说："最大的改变就是发觉大家都老了，我老得最厉害。"我说："没有，你永远年轻。"小姨突然大笑，说："如果真的年轻，就好了。都怪我，起早贪黑，为儿为女，过得哪像个女人？只认得菜场，不认识商场。其实，女人谁不希望把自己打扮得体体面面，在家温柔贤惠，相夫教子，可那不是我的生活，男人是我要嫁的，儿子是我要生的，我只有拼命地苦，把小房子换成楼房，把儿子念大学，等儿子将来有出息，我才有指望。"

她知晓每一种菜系生长的习性，熟悉每一棵蔬菜的脉络。风里来雨里去，二十多年在农村和城市间的日夜奔波艰辛忙碌，不是一般女人能承受得住的。体力的劳苦，使小姨的背明显有点驼，皮肤黝黑粗砺，两腮冻疮瘀紫。小姨总是那样匆忙不息，就像每天都在发生着令她激动的事。生活不仅仅只是为了获取面包，一定还有其他。

那些北风吹过的日子

到城市打工的前几年,镇上的家离市里工作单位有三十多里路,来回骑电瓶车。一年四季,最怕严寒深冬,那些北风吹过的日子。

一大早,刚过六点,天还暗暗的,起床。尽管穿得严严实实,还蒙上大围巾,但寒风的威力只有顶着赶路的人才知道。骑不多远,双手在手套里冰一样僵着,不知魂脉,只简单保持一个握的动作。右手是需要控制油门的,似乎在旋转中缓解了丝丝的麻木,却不能和左手一样幸运,有机会撒把伸进棉袄口袋暖和暖和。但冰冷的手进入口袋后,先是一阵针戳般的麻,等被身体的热量温暖后才慢慢感知暖意。

寒风是刺骨的刀。在车速加快中旋转,逆风往围巾裹不到的脸皮上吹,往纽扣扣不住的胸口吹,往膝盖的骨头里吹。

考虑到路远,我只能选择脚踏式电瓶车,这样一旦电没了,还可像骑自行车一样骑,不至于尴尬。自行车式的车子,遇到下雨，衣服背后、裤脚上溅的全是泥水，到了班上，也不好意思乱跑，就等自然吹干，再掸去一层雨水淋湿过的灰尘。

一年冬天下班，离家还有六七里路，车胎破了，没前没后，一点办法没有。我急得满头大汗，天已经很黑很黑，路边上又找不到修车的，只好打电话向老公求助。老公到镇上找了一个三轮车师傅来接我和车一起回去。他叮嘱我在路边等，怕天黑看不见我人，与我错过，就一路电话不停，半小时后，我和待修的车子一起坐上三轮车往家赶。那一刻，三轮车的座椅，是多么温暖的一个小天地！

那些日子，因为没有足够的存款可以到城市买房，我走在路上一次又一次地想，城市里这么多高楼大厦，为什么就没有一间可以供我落脚的地方？这么多窗口里发出的光，为什么没有一束是为我而等待？我们缺什么，缺钱！这是一个现实的世界。没有钱，只能靠奋斗。五十分钟的路，没有办法去缩短，只有自己找平衡，就想自己在上海或北京大城市上班吧，人家有一小时、两小时通勤的，五十分钟算什么？这样想着，就觉得不那么苦了。那时工作顺利，生活也开心，来回的路上，心里充实也踏实。2006年，在女儿上一年级前的暑期，贷款、借款，在城市的一端，买下一套属于我们自己的房子，上班的路程只有以前的三分之一，而且一直向南，北风吹不到我的脸了。

北风吹过,光阴冉冉。风雨中的前行,暗夜中的胆怯,那冷得呛出眼泪的早晨,是一个打工者真实也踏实的身影。世间没有白白的付出,吃过的苦,都会在未来的日子里变成另一种财富,我坚信。

难咽的苦

小时，喜听淮剧，《秦香莲》里有一句唱词："人人都说黄连苦，我比黄连苦十分。"不知道黄连是什么，问父亲，父亲说，那是常用的草药。从此，记忆里药和苦便紧紧相连，知道了黄连，便也弄懂了秦香莲这个女人命有多苦。

一个夏日傍晚，父亲从皮革包里拿出一个纸袋，叫我和弟弟盛碗粥汤，凉凉，又从纸袋里倒出四颗药片，说："一人两颗。""我们又没病，吃什么药？我不会吃啊。""打虫子的，你看看你脸上白一块黑一块的，是蛔虫斑，肠子里有蛔虫，虫子不打出来，能把肠子穿破呢。"被父亲的话吓得不敢再多说一句，但这个小小的白白的圆圆的药片，怎样才能咽下啊？母亲说："张开嘴，放舌尖，喝口汤，头一仰。"边说边配合着她三字经一样的讲解，张嘴，伸舌，放药，头仰。

面对这粒最多小半个指甲大的"怪物"，我想着黄连的苦，硬是张不开嘴。母亲急了，一边鼓励，一边主动出击。

"把嘴张开。"平时不觉得张嘴的难处,那一次,张嘴之前,两排牙齿像是被胶粘着,张不开。"舌头伸。"抖抖地伸舌,母亲把那怪物放在舌上,为了让我们好咽,有意向舌根放了放。"喝。"我知道这口粥汤的任务很重,要将这个怪物带进胃,汤有些阻碍地咽下了,但药还在牙缝间,没上没下。我说不出话,指指嘴里。母亲忙端起碗,说:"再喝口,大口喝。"而嘴里已感觉到从未有过的苦,突然恶心,要吐,从嗓子里冒出的一股力量,将药从嘴里弹出老远。弟弟去顺着找,已到门口大场边上了。药是钱买的,掉一颗可不是小事。父亲和母亲已没有多少耐心,骂:"没出息,能有多大出息?"第一次吃药的失败,给我留下很大的阴影,从此以后看到药就张不开嘴,嗓子眼里就难受。

儿时暑期是快乐的,如果不吃那打虫子的药,那就更快乐了,我常常这样想。到了第二年,我和弟弟学聪明一点,开始训练吃药的技巧。家里煮了一锅玉米棒,我们把玉米掰成粒放在桌上,设想着那就是不得不吃的一颗药。还是粥汤,还是放舌尖,仰头,咦,玉米粒却没死叮在牙缝间没上没下啊,连续几次都演习成功。我和弟弟高兴地大笑,像是科研人员出了新的成果,激动不已。后换成药,再放嘴里,虽没有过弹出去的重复,也总是在父亲或母亲高一声低一声的近似咒语下完成的。

前些天慢性咽喉炎发作,因为怕吃药,朋友推荐说,罗汉果泡茶对嗓子好,菜场卖调料的就有卖。下了班,急着去菜场买了三颗。罗汉果泡出的茶,深褐色,药味浓,麻呼呼中还有点甜意,没有黄连的苦,也不知这到底算不算药,每忍着喝一口,就想着下一口的难,但我晓得,难也得咽。

陪读的日子

晨，六点。女儿手机设定的音乐《运动员进行曲》响起。

毫不犹豫，起床。再没有敢在被窝里赖赖又赖赖的份了。还好，这可能是今年最后一个要听《运动员进行曲》起床的早晨，女儿今天期终考试第三天，离放寒假还有两天了。

多年后发现，自从被学校称为"学生家长"那天起，我的作息时间和生活方式就要和学校保持一致，要按照学校的规定随时调整自己的时间。

九月，女儿考入离家十公里外的这所高中。按照计划，我们将家搬至学校附近，多年为我们照顾孩子的外公也跟着一起搬来。古有"孟母三迁"，我们这是第二迁，女儿上小学时，迁了一回，从镇上迁到市里。这回，是从市里迁回郊外。

女儿的学习我很少过问，年级越高，越顾不到。她一年级时，常常把"2+4"算成8。这个我可以管，再后来就管得少了，现在想管也没这个水平了。

因为离学校近，女儿都自己上学。但学校规定学生要上晚自修，九点四十放学，为了学生的安全，家长必须到学校门口接学生回家。

　　学校的要求并不过分，但天天要接，就成了生活中的一项不可少的工作。不管下雨刮风，九点半就要准时到学校门口。小汽车、电瓶车，还有几辆共享自行车，学校门口好不热闹。家长们站在大门外，熟悉的家长聚成一团，打招呼聊天；不熟悉的低头玩手机，等时间一到，大门拉开，家长们就把头伸得好长，远远地想在涌出的人群中最快找到自己的孩子。我也一样，每次大门打开，就专注凝神等待女儿的出现。我会寻找红色、绿色或黑色——她上衣的颜色，这就容易一点。一旦出现，我就大声叫她的名字，她也像对上暗号一样，走到我身边，母女俩一起回家。有一次，学校大门口就剩我和其他两三个家长了，心急啊，想着她迟迟不出来的若干可能，是不是车子钥匙找不到了？是不是在门口没找到我，已经回家了？是不是身体不好？是不是犯了错被老师留下训话了？一边等，一边脑子里乱乱地想。过了大约十分钟后，她和一位同学出来了，我问，怎么这么迟啊？她说，我不是昨天跟你说过了，今天我值日，要迟一点嘛。哦，我忘了。我悄悄自责，这脑子。后来，天气冷了，我故作深情地跟女儿说："你以后放学早点出来，你要知道，你早出来一分钟，妈妈就少在寒风中受冻一分钟。"女儿点点头，像是听懂了。

　　学校规定，走读生晚饭不得回家吃，食堂吃也行，家长把饭热好送到学校也行。女儿选择了吃食堂。一个周六，我有点空闲，她说，妈妈，你今天也送一顿晚饭给我吧。并告诉我时间和地点。

整个下午我心里就装着这件很重要的事情，计算着时间，保证饭送到学校要有温度，不能太早，但又不能太迟。五点开始热饭热菜，盛上后，装进保温袋，再带个橙子，想想还差什么？又拿袋酸奶，这下该齐了吧！还没有，回头又抽了几张抽纸放进包里。

学校大门口，家长们伸长脖子站在大门外，在等孩子放学。因为学校大门不开，天又黑，家长们就紧贴着网状大铁门，手里拎着或脚边放着一个大包裹，等孩子放学飞来的那一刻。我也贴近大门站着，不敢挪动脚步，生怕远离大门，孩子找不到我，双目注视门里的动静，希望尽快把饭包送到女儿手里。

女儿几乎是第一个跑到大门的，我看见她飞奔而来，连忙叫她名字，并高高举起包裹，托举过铁门，女儿接过包，来不及说一句话，转身往食堂奔去，我大声在后面说一句，吃完了把包带回家，她好像听见了，稍稍回个头又跑向食堂。

每天晚上睡觉前，我都会和女儿聊第二天的早餐。她大都会淡淡地说，有什么吃什么吧！今天，我又问，早饭吃什么？她握紧拳头，像是为自己加油，说："吃糕。糕！明天考数学，老妈，你懂的。"

海,仍是诱惑

朋友说,下午带你去看海。

新车,车窗玻璃膜还没贴。一路向东,看着窗外原野上随处成林的树木或收割后干净的田地,心也飞起来了,阔起来了。

说去看海,而海却是诱惑。穿过很远的路,驶过一座跨海大桥,还有三公里海堤小路需步行前往。

滩涂壮观,芦苇浩荡,海风并没有带来多大的腥味。一直往海的方向走,却看不见海,能够看到的是一望无际的滩涂,在滩涂的海边,静下心听,远处传来阵阵海涛声,清晰而热烈。

没有一浪高过一浪的视觉冲击,没有天水合一的地平线,只有在滩涂与荒草之间,我们踩着各种贝壳,想象着它们的来历;那些丢失的各种拖鞋、球鞋,不知从哪里飘来,又是来自哪一双脚?

淤泥的黑，深藏在水里，大胆的男孩赤脚往前走了几步，又回头看着我们，海在前面，诱惑着他，而每走一步，他的双脚都要挣扎，都要徘徊，都要在我们陌生人好奇的眼中寻找一种力量。最终，他还是拎着自己的鞋，回到坚硬的土地。

　　海，仍是诱惑。

　　夕阳西下，云端里像是生出了两个太阳。大自然突然生出变化多端的惊艳。海堤之上，一路的蒲公英活生生点缀着这个灰色的大地，那些黄里夹着白的花朵或花絮，就像年轻转瞬变得苍老；成团成片的芦苇花也灰扑扑，它们随风轻扬，用自己的身体划出一条又一条最美的弧度，唯有为它驻足的人才能感知这弧度的灵动之美。

　　天空也是灰扑扑的，可是，当有一群长长的"人"字形鸟儿飞过时，那天空让我们仰视并欢呼。对，这里是鸟的天堂，鸟可以自由飞翔，我们不能，我们只能仰望并遐想它们飞向哪个方向。

　　就这样走了很远，又走回车上。这里没有高楼没有红绿灯，天空全部暗下来，才看见远处忽隐忽现的灯光。海是诱惑，这里的宁静是另一种诱惑。

柔软的事物

离家不远有一处小公园，名曰东方。公园虽不算大，却处处见好。园中树木成林，一池湖水贯穿东西，常见野鸭逍遥其上；林中小道蜿蜒，绿草依依，一年四季花开不败，是我每日散步消闲的好去处。

最爱春夏之交，树木从春寒的萧瑟中慢慢苏醒，一点一点绿意翻新。不知不觉，整个园子就苍翠起来。桃花、梨花、海棠、紫荆总是一树一树地开，也一树一树地绿，花落叶茂时，树和树的区别就不明显了。

园中东西有两座小吊桥，繁茂的泡桐花挤挤挨挨沿桥而上地开，这是颇少见的风景，粉粉紫紫一串一串，开得不见天日，开得疯疯傻傻，每每路过，令我不得不驻足停留，观其状，闻其味，赏其格。泡桐花之后不久，凌霄花又冲天而上，凌霄的花像喇叭，开得矜持而雅致，但凌霄的红是霸道的，自带气场。

我常避开人行跑道，围湖而绕。这里有别样的风景。湖边的芦苇青了又青，翠绿的鸟儿在湖上飞来飞去。湖的南岸有一块鹅卵石滩地，可以慢行其上，欣赏各种鹅卵石的奇态之美。

　　那一天，下着小雨。公园里人迹稀少，雨洗过后的园子，显得格外素净明艳。湖中荡着圈圈涟漪，岸边芦苇在风中摇动，鹅卵石色泽鲜亮，树下几棵野草，身姿纤细，随风摇曳。我蹲下身子，注目着一棵野草柔韧的摇动，似乎它的摇动传递给我一种无名的力量。

　　芦苇的一生都在摇动
　　摇动水，摇动麻雀的窝巢
　　摇动五月的糯米香
　　摇动粗大手掌的裂痕

　　水在摇动，摇动风的笑
　　摇动雨的裙，摇动
　　星星的梦

　　鹅卵石，年轻过
　　也沧桑过
　　从水中升起，又藏于水

水摇动它,它也摇动水

有人在清晨吻它

有人在夜晚用脚踩它

那些飘在风中的草

只要有一片柔软的土壤

就有生命的方向

低头,只是一种假象

一片叶子的正反两面

从家到晨练小广场，要走过一段波浪起伏造型的小木桥，竟然打滑。原来，霜已很厚，白白的一层。桥板缝隙间，有不少枯卷的落叶。秋深了。

它们像小手掌又像小心脏。站在一片落叶面前，或远远看一棵树上的即将凋零的那几片稀疏的叶子，我不能无动于衷。我会静静地看一会儿它们，转身而去时，我知道我总被什么打动。

一片叶，也不仅仅只是一片叶，它是生命，是春秋，是轮回。在这条经常走过的小路上，有一排海棠，四月花开，花谢叶茂，现在，它们的叶子已落得几乎光光。

随手捡起一片落叶，叶子在我的指间翻转：

落地的声响
很轻，也很重
大地摇了摇，又稳住了

叶的边缘

尽是细小细小的锯齿

轻柔的事物里，总有我们

看不到的紧张和恐怖

风，把叶的叹息传得很远很远

每一条纹路

都有源头，都有流向

这样说，一片叶

是否也有过风起云涌

有过千帆竞发

我坐在一棵树下

尝试着

看懂一片叶子的正反两面

又默默地回顾了

一片叶子的一生

起身时，我很轻很轻地站起

回头，一声小小的叹息落地

也像一片落叶

落地，大地摇了摇

又稳住了

阅读刚刚开始

周日，晚饭后，我还在洗刷，女儿拿出一本书坐在饭桌旁，跟我说：妈妈，我看书了。洗刷完，和女儿面对面坐下，我看的是一本已看过的《土拨鼠日记》，作为成年人，喜欢上这样的童话，可能会让人不屑。其实，我们这些不再看童话的大人，每天演绎的都接近童话，只不过，我们学会了掩饰。

翻开第一页，第一章——"童年是靠回忆拼凑的"。

"其实，我很想从出生的那一刻就开始写日记，这样，我死的时候，就可以记录下我完整的一生。"我很喜欢这样的开头和叙述，不急于往下看，一本看过的书再看，就不在乎速度，而是尽量体味每一句的内涵。和土拨鼠相比，我是对自己不负责的人，我没有一本完整的日记。

女儿没有注意到我在她的对面，看着她专心读书的模样，真想去亲亲她，她专注的眼神，一定是多年前我的眼神，只不过那时的我，是在煤油灯下或借灶膛里燃烧的光阅读。我想问问她读的什么书，也努力地想看到书上的字，但终于没吱声，不想打破这种安静。

平视出去，城市上空霓虹闪烁，一派繁华似锦；俯视，楼宇的空隙，十字路口车流疾驰，就像忙碌的蚂蚁在找寻粮食或远处的家。这个城市的人们散发着膨胀的味道，有人说自己是城市的鱼，大都还不如鱼那样活得悠闲，真如蚂蚁一样忙着寻找自己的粮食，不关心月亮圆缺，不在意蓝天上白云飘荡，只学会了在不断开发的新路上寻找离家最近的捷径。很多人活在城市里，并不觉得幸福和自在，虽然曾经那样想摆脱乡村奔赴城市，而真正成为市民，内心里却装着乡野。他们不知道，城市看似平常的一切，都被我们所不知道的规则掌控着，就像霓虹一明一亮的闪烁，那是设定得天衣无缝的规则，有些规则专门为城市而生。我们既然生活在城市里，就应做一个识相的人，不懂规则就会被笑话 out（淘汰）。开车的规则、喝酒的规则、穿着的规则、走路的规则，上厕所也要知道规则，和乡村的日子相比，我们永远被圈养着。菜价、房价、股价这些忽高忽低与经济指数相关的字眼，让城市更像"城市"。我们生活的空间滞留于高处某一点，无法落脚，面对大地，虽然总是摆出一副居高临下的样子，但我们找不到根，浮萍没有根，我们是城市的浮萍。

我渐渐适应了城市，并尽力遵守各种规则。我不怕规则，但我却更加明白，我血脉里流动着乡村安静也野性的节奏，无论走到哪,都无法摆脱那个真实的我,就如书中幼时的土拨鼠,为了争抢到母亲的奶头与弟兄们打架吐口水,为找到心中理想的生活,甚至离家出走。我阅读或写字,希望通过这个途径原路返回那个乡村的我。再读一遍文章的开头:

其实,我很想从出生的那一刻就开始写日记,这样,我死的时候,就可以记录下我完整的一生。

出生或死亡,这似乎是一个可轻可重的话题,这样的夜晚,我还是读出生命中的那份忧伤。忧伤就像女人手中拧的毛巾,那些能被一双手的力量挤出的水滴,都不是忧伤,忧伤是那些再也拧不干却还在毛巾里的潮湿。土拨鼠的忧伤贯穿一生,它的叙述让我怜惜并融入这种生存和成长的忧伤。

今晚,阅读才刚刚开始。

植物的奶，动物的奶，女人的奶

从手术台出来，被手术车推往病房，许是麻醉后的反应，女人身体颤抖不止，牙齿不自主地上下斗得"咯咯"响。经剖宫，婴儿半小时就顺利抱出，九个月丰盈的子宫，突然留下了一个虚空，温度随着羊水流出体外，剩下的就是女人的冷。

自医生将那张尿检单递到女人的手，女人就开始紧张，为什么医生能从几滴尿液里就能发现生命最初的秘密？阳性或阴性，阴性或阳性，就能破译生命的状态？生命的真谛，似乎验证并延续着《易经》的真谛：一阴一阳之谓道。那生命的道一定是宇宙万物里最神秘的道，女人的子宫里，阴阳有着怎样秘密的交换、碰撞、抢夺和厮杀？最后，留下最宝贵的那一对，结盟。

那是隆冬季节，女人最初的反应是干渴，费劲排除很多种解渴之物后，特别想喝一种饮料，一种植物的奶。女人想喝的是醇香润滑的椰子汁。于是家里买了一箱子椰奶，准备好好喝，放开嗓子喝，喝了两听，就开始生厌，甚至再怕闻那椰奶的味道。有经验的女人说，要喝动物的奶，对胎儿有好处，于是急忙定送鲜牛奶，喝了几天，又厌了，一种膻味令牛奶到了嗓子眼就没上没下。从春天到夏天的怀孕时节里，女人最喜欢喝的却是一种最简单最廉价的植物的奶——南瓜汤。

女人的乳房是子宫之外又一伟大的生命之源，当腹中的胎儿慢慢长大，乳房的反应最明显，几倍地膨胀、挺拔，奶汁的孕育与生命的孕育是相辅相成的，女人挺起肚腹的时候，更高贵的是那孕育生命汁液的乳房，乳腺发达，乳晕滋长，就像一座储备丰富的油井，亟待开发。女人纤瘦或丰满的身躯，喷发出如此乳白的奶汁，无疑是一个奇迹。

下手术台还不到一小时，小生命就张开小嘴嗷嗷待哺，等待吮吸母亲的奶汁。医生交代，半小时后就可给婴儿哺乳，不要怕，一定要让婴儿吮吸，只有吮吸，才会使乳腺正常产奶，否则，会影响奶量。而破腹的女人，刀口还沾满血迹，维持平躺的姿势都有些吃力，该怎么翻身喂乳呢？

熬了又熬，咬咬牙，将身子轻轻侧转，小生命第一次咬住女人的乳头，吮吸，女人此时的疼和小生命临盆的疼哪能比？女人早已不在乎。似乎第一次吮吸不那么顺利，婴孩饿急了，哭声更大。女人强转身体，尽量以最佳的姿势让婴孩喝到她的奶汁。用力吧，乳房的肿胀已很明显；再用力地吮吸,孩子。而每一秒侧身,是那么艰难,女人浑身虚汗。一次又一次地试探,婴孩满足地吮吸到了食粮,有时喝着喝着就在女人的怀里睡着了。两个天然的资源宝藏通过婴孩的小嘴和吮吸,就像自来水的闸阀被扭开,吮之即来。

老人说,宝宝出生是自己带饭碗的。女人的奶汁奇迹般地充足。婴孩喝左边,右边的一受力就溢奶,反之也如此。婴孩一旦睡觉两小时还不醒,乳房就会肿胀发硬,女人不得不自己挤奶。女人属牛,牛天生是产奶的,而挤出来的奶汁,并不如牛奶一样白,乳黄色,似乎还油腻腻的,起初舍不得倒掉,为婴孩洗脸,为自己洗脸,后来,一天要倒几杯,一次,女人偷偷尝一口,很香,但怎么也不忍心喝下去,怕是违背了某种道义。

当婴孩依着女人的怀,女人熟练地托着饱满的乳房,让奶汁顺畅地流进婴孩的小嘴。当女人的奶汁滋养着婴孩一天天长大,女人的身体已在渐渐恢复,子宫在收缩,腰围在收缩,断奶的那一天,乳房也开始收缩。生命的体态似乎又回到医生尿检前的状态。而这只是外在的一种形式了,生命的真正状态,就像一棵小树经过四季的孕育,开花、结果,成熟的果子被摘下后,树似乎还是那棵树,实际又不是那棵树。

十年后,当剖宫产只有六斤的婴孩,渐渐长大长高,曾以丰沛的奶汁喂养她的母亲,开始走向人生的中年。岁月打磨的痕迹,渐渐露显。脸上的斑点从一个一个,到两腮隐约蝴蝶状，皮肤的光泽有些黯淡，眸子里的光不如以前那么明亮。走路的速度好像也慢了点，说话的嗓门也轻了点，女人的体态也不再轻盈。偶尔，女人内心会生出一种焦虑和不安，再过十年，会是啥样子呢？

于是，女人想起了动物的奶，每天喝一杯牛奶，增强体质，延缓衰老。起初喝不习惯，喝一口把奶瓶放一会儿再喝，喝一瓶奶的工夫，就如男人抽支烟的工夫，很慢。但女人还是坚持了下来，书上说得很清楚，每天一杯酸奶是必要的，养颜润肠护胃，想想十年后的自己，就大口大口喝吧！

春天或春夏之交，女人的感冒又发作了，受点凉头就疼，疼得要炸。夏天空调开个常温，她也受不了，有几次，进会议室还是好好的，几小时会结束，出来就成了病人。女人开始迷信很多养生的玩意，按摩啊，泡脚啊，食疗啊，最后还是想起了一种植物的奶——中药汁。这种奶可不比牛奶好喝，又黑又苦，是自己主动找中医开的药方取的药，她还不能像从前那样撒娇，药熬好了，轻轻捏着鼻子，自觉地一口喝下去，苦也要喝。

女人还是那女人，产奶的幸福已是十年前，现在，她需要植物的奶、动物的奶给予滋养和调理。一棵树吸取大地的奶汁会越长越壮，一个女人和树不好比，对于一棵树，每一年都有四个季节，对于女人，一辈子只有四个季节。这样想，女人比以往更懂得了爱自己的身体，尽管她从没那么娇贵过。

狗尾巴草的梦

从小在田埂上跑大，不怕虫咬，不怕狗吠。那片土地上的庄稼或野草杂树，和我们一起经历春夏秋冬，我们在它们中间撒野，也并不比它们高贵，它们和我的小伙伴们一样朴实可爱。

比如狗尾巴草。每年夏天，田野上到处可见毛茸茸的小尾巴，每次见到一簇簇那些直着脖子撒欢的狗尾巴草，我就会情不自禁地用小手去捋捋它们最外面的一层毛絮絮，那么轻柔，又那么倔强。我也常或近或远地看着它们垂向大地的样子，它们也像乡下的孩子，没有艳丽的服装，朴素简单，风雨中任性地疯长，只要脚下有一块小小的土地，它们就可以活出一棵草应有的样子。

也曾经无数次地想过，如果这些狗尾巴草会做梦，那么它们会有怎样的梦呢？也和我一样吗？

曾经想长大了去做老师，像父亲一样，不要干农活，还可以看书写字，穿体面的衣服。而这个梦在17岁那年就如风中的柳絮，没飞多远就没影了。

那时候，成绩好的同学都去考中专，可以吃国家粮。父亲在我中考前一个月给我报名考幼师，我那时成绩中等偏上，但考中专还差很多。在乡下教书的父亲，根本不知道，当时考幼师需要音乐、舞蹈、美术、普通话等多项成绩优秀才可能被录取。而我从没接受过这样的培训，只是匆匆学了点皮毛，去应付考试，根本不可能过关。记得考乐谱视唱，老师在钢琴上弹了一小节，要我视唱，我根本不知道东与西，嘴巴张了几张，啊了几啊，再也啊不下去了。还要打节拍，我那双亲过无数次狗尾草的手，那一天停在空中很久，也慌乱了很久……

就这样糊里糊涂，一个美丽的梦画上了句号。从此，这个梦似乎再也没有醒来的机会。

但，老天还是眷顾了我。经过这次考试，也让我对学好普通话产生了兴趣。于是，我开始背字典，用心听广播看电视，一个字一个词地学，一个字一个词地读。同时，自己也养成了阅读文学经典的习惯。没想到，高中毕业五年后，机会来了，我通过笔试、面试，有幸成为乡镇播音员。虽然，仅仅是几年在乡镇广播站工作的经历，但那段经历比金子还珍贵。

在后来的打工生涯中，读书、写作、演讲、主持成为我的业余爱好，也让我在职业之外有了另一种生活方式的可能。而正是这种可能，不断慰藉着我儿时内心的小小梦想。那么轻柔，也那么倔强的梦。

去年，听同事们说，非师范院校的学生也可以考教师资格证，我就跟着他们一起报了名。没想到，经过一年多的学习，顺利通过笔试、普通话二甲、面试，取得了小学语文教师资格证。记得取证那天，工作人员问我，你是替谁来领证的？带委托书了吗？我不好意思地笑笑，说："我领我自己的证。"

当然，我已错过进校门做老师的年龄，但我仍很欣慰，凭借自己多年的努力，我可以这么真实地靠近内心的一个梦想，一个如在风中摇摆地狗尾巴草的梦。

何以生华发

"妈妈,你头上有根白发。"女儿突然像发现新大陆一样叫起来。"啊?"我下意识低下头,"快,拔掉。"刹那间,似乎有两个字在头顶盘旋,"老了……"心不由得一紧。女儿在满头的黑发里像侦探一般抓住这根白发,然后轻轻拔出,带着胜利者的微笑对我说:"看,没骗你吧!"我笑了,想起杨绛先生在她的作品里,讲述女儿为她拔一根白发奖励一毛钱的故事。

女儿郑重地将白发递到我手中,细轻柔软,如一根银丝闪闪发亮。女儿问:"妈,你怎么会有白发?"我一愣,是啊,我满头黑发里怎么会有这样的"叛徒"出现?我轻轻捏着它,上下端详。没有半点黑,白得有些刺眼。我站在那儿沉思一会儿,想不出一根黑发是如何变白的。索性不想了,我把这根白发在食指间慢慢卷绕起,竟舍不得随手扔掉,转身走到卧室的书橱旁,选了一本诗集,把白发轻轻压到书页里,就像小时候掉的第一颗牙，把它当个宝收藏起来。

  冷静下来想想，渐生白发本属人的正常生理规律。当然，如遇特殊情况，听说人的头发会一夜变白。而有一种白发，却是富有诗意和哲学意味。比如知识渊博的学者、献身艺术的长者，当这样的"华发如雪"映入眼帘，它传递的信息似乎不是苍老，而是岁月穿过的一道时光长廊，让你看到纵横沟壑的高山荒漠，感受晓风残月里的史记春秋，令人生出敬重之心。

  与同代人相见，"你看人家有多老，你就有多老"。当一根白发落在自己头上，与看别人"两鬓斑白"的无动于衷有着完全不同的心境。我这根被女儿轻轻拔出的白发，一定见证了我多年来的某些烦恼和忧愁。在我为工作压力辗转难眠时，它也许伤心难过了；当我为生存之路艰难抉择时，它想必也和主人一样痛苦煎熬，静等命运的转折。这样说，一根头发由黑变白，其实是它更多地承担了主人那份愁苦的心思。

  我一直以为自己是不怕年华老去的人，但面对这根白发，我明显心生紧张，小小的恐慌连掩饰都来不及。也许，接受自己的衰老并不容易。它需要时间，需要人生更多的阅历，甚至需要借助别人的人生来领悟、开拓自己的人生疆界。

  祖母在她生命的最后几年里，因腿脚不便，很少去理发店，都是我在家里为她理发。祖母的头发一直是黑白相间的，八十岁开外后，甚至有一个阶段黑发多白发少了，隐隐有点

"返老还童"的感觉。在祖母九十三岁的正月，突来的一场病将要把祖母带向另一个世界。从医院回家后，祖母要我为她剪指甲、理发。我知道祖母的心思，要走了，该干干净净、漂漂亮亮地上路，但我还像没什么事一样装着很平常地为祖母理发。理好后，看着满地散落的碎发，心痛不已。我突然感到，散落地上的碎发是祖母生命的一部分啊，它们永远离开了它的主人，而它们的主人也即将离开这个世界。想到这，我悄悄从散落在地上的碎发中捋顺一小撮，用红纸包好带在身边，并把这个纸包压在一本厚厚的书里。合上书的瞬间，我泪如泉涌。

当你老了
头发白了
炉火旁打盹
请取下这部诗歌慢慢读……

我常常问自己，头发白了，岁月去了，谁会把你的岁月变成诗行，慢慢读？读你少年时的顽皮，读你青年时的迷茫，读你成年后的艰苦实干，读你一路走来的执着与从容、落寞与孤独、真情与暖意。

回望西湖

余秋雨先生说:"西湖的文章实在做得太多了,做的人中又多历代高手,再做下去连自己也觉得愚蠢。"他虽这样说,到底忍不住还是把笔一抖,抖出一篇《西湖梦》。

"西湖给人以疏离感……它成名过早,遗迹过密,名位过重,山水亭舍与历史的牵连过多。"这是余秋雨先生对西湖的诠释与解读,其实,每个人心里都有属于自己的西湖。

儿时,祖母讲《白蛇传》,比学校老师讲得真切。我想那西湖就是白娘子和小青姑娘下凡时的安身之处。许仙与白娘子的见面地点是在西湖断桥,那西湖便一定美而独特,否则,如何配得上白娘子动人的背影和这凄美的爱情?西湖之水便这样承载了一个善良勇敢女人的爱与哀愁,成为一个时代悲剧的意向容器。

喜欢听越剧,《梁祝》为首。故事发生在杭州城,真好。梁祝坚贞唯美的爱情,需要一个有文化有灵气的城市背景,这个背景放在有西湖的杭州城，太合适不过了。喜欢英台直问梁兄：英台若是女红妆，梁兄你愿不愿意配鸳鸯？那个梁兄愣了半愣，无动于衷，活活的一只"呆头鹅"。一个追求爱情的女子，大胆正如一汪湖水，清澈，阔明，深邃。《梁祝》的唯美，还美在最后的化蝶，生不能同床，死要同坟，这是人类爱情中最难以抵达的境界——灵魂共舞。《梁祝》的旋律和故事一直打动着世界，就像莎士比亚笔下罗密欧与朱丽叶的爱情，女性的觉醒和反叛精神，在这两个女子身上颠覆了多少大江湖海？

后读李叔同。李叔同出家剃度后，其妻想跟他再见一面，劝他还俗。某日清晨，西湖边杨柳依依、水波滟滟，两舟相向，妻子深情而又绝望地呼喊："叔同——"

"请叫我弘一"。

"弘一法师，请告诉我什么是爱？"

"爱，就是慈悲。"

妻子凄楚地责问："慈悲对世人，为何独独伤我？"

每读此处，只觉西湖之水滴滴都饱含人世悲凉。悲悯的人生，为何如此决绝？转过身去的弘一法师至此远离红尘一心向佛，生前写下：悲欣交集！他的"悲"可以理解，"欣"谓何方？

西湖边有一处小小墓。多少文人前来叩拜留下诗行。墓主是十九岁的歌妓苏小小，有才却薄命。"妾乘油壁车，郎骑青骢马……"据说小小自己做了个油壁车,常游西湖。暮色时分,我们来到西湖,已很难想象出这车该有怎样的气度,今日之西湖,年轻人骑着共享单车徜徉在苏堤之上,洋溢着青春的朝气,西湖因此也年轻了许多。

　　回头转望,湖边林徽因年轻标致的剪影肖像,瘦削、单薄。为什么说起她,让人先想到的不是梁思成,而是她在最好年华里遇到的那个叫徐志摩的人?

离我最近的路遥

此次与好友出行,我们有意避开了古都西安的人文古迹,而直接往陕北方向——延安、延川、清涧、榆林……这样的路线选择,其实并不是一时兴起,而是缘于一个心愿。

二十年前,我高中毕业后再无缘校园,磕磕绊绊到城里打工谋生。一次公休日,去书店买书,在满满的书架前选到一本薄薄的书——《人生》。那时候,我读书还很有限,不知道作者路遥这个人,也没人跟我谈过什么人生和文学。我只是一个有点不服输的乡下姑娘。

《人生》的开启,是从柳青那段引言开始的:"人生的道路虽然漫长,但紧要处常常只有几步,特别是当人年轻的时候。没有一个人的生活道路是笔直的、没有岔道的。有些岔道口……你走错一步,可以影响人生的一个时期,也可以影响一生。"这段话一直抚慰着我,也一直激励着我。

一口气读完《人生》,内心翻腾不已,故事本身且不多说，我是震撼于作家独特的表现手法。他把人物始终放在矛盾的时代风口之上，放在朴素的道德天平之上，不再用传统意义上的善恶标准去评判人性，而用故事的推进去诠释人性的复杂和无奈，用对比突出人物鲜明的个性。我也惊讶于我当时阅读的细致，我的内心也许一直在渴求某种精神的引领，《人生》恰好在那时出现了。

那本书的封底，有一段对作家的介绍，读完全书我才知道，作家路遥已"英年早逝"。我记得那一刻我沉重的叹息，心口像被什么尖物猛戳了一般疼痛。

后来，我每次去书店，总是要找路遥的书，没多久，我有幸读到他的巨作《平凡的世界》，读到他的散文集，读到他的《早晨从中午开始》，读所有关于路遥的文字。在离开后的岁月里，他只有四十二年的人生又被朋友、亲人、文学挚友们写了又写。一个伟大的作家，文字是写不完他的。

《平凡的世界》无疑是我确立起青春信仰的一本"圣经"。路遥，这位颇具天才又苦苦在现实中挣扎煎熬的作家，把自己多难的人生写进了书中，写进了时代的文学中，写进了历史的考验中。书中每一个主人公的生活和爱情，追求与奋斗，忍耐与坚强，眼泪与欢笑，痛苦与矛盾，都在告诉我，平凡的世界里什么才是最宝贵、最珍重、最不能放弃的！

是的，正是因为这部书的深刻影响，二十年前，我在心里默默对自己说，将来，我一定要去路遥的墓前为他献上一束花。这个愿望像一棵树,一直种植于我的心底并不断蓬勃生长。路遥,离我那么远,又那么近。我的心里有一个最近的路遥。

这次出行的路线都是路遥生前生活、学习、创作过的地方。一路上,所感所受远远超乎我的意外。

十月的延安,风已刺骨。我们的酒店订在延安大学附近,而延安大学是路遥的母校,也是他长眠之处。

来之前,我查找路遥在延安延川的故居时,不能确定故居准确的地址。于是,想到一次中秋诗会上有一面之缘的石家庄诗人韩文戈老师,我估摸他经常在国内各地采风参加诗会,说不定会有熟悉路遥的朋友。果然,韩老师帮我请到延川籍路遥同乡的曹建标老师,他曾跟路遥有过工作交往,现在北京工作。他得知我们此行的目的后,将延安大学梁向阳教授的微信及联系方式给我,并跟梁教授打招呼安排接待我们。曹老师同时还将路遥第二故乡延川县作家协会张主席的微信名片发给我。当我和梁教授以及张主席加为微信好友联系上后,我还有点不相信似的问自己:二十年的心愿,迢迢千里的陕北,难道就这样一下子连接起来了?是什么力量在护佑我将要实现二十年来从未改变的心愿?

按约来到梁向阳教授的办公室。他正在办公室等我们。梁教授笔名厚夫,是《路遥传》的作者,并兼任着延安大学路遥文学馆的馆长,出版过多部关于路遥的书籍。

那天，延安的雨下得很大，一直未停。我们在梁教授的办公室交流了一会儿后，他又陪我们参观了校园内的路遥文学馆。他告诉我们，延安大学将来会成为路遥的研究基地，路遥也是延安大学一面精神旗帜。

路遥墓就在大学校园里的后山上。梁教授怕我们不方便，说，今天雨大，山上路滑，你们就不要去了吧。我说，既然来了，肯定要去的。

梁教授看到我们如此诚意，专门安排了文学院大二的学生蔡同学带我们去后山。蔡同学是西安人，是从一千多名学生中成功应聘为路遥文学馆的讲解员。去后山的路很滑，脚下得非常小心。这是一条专门通往路遥墓的小路，一部分是直上的水泥路，到了半山腰才有台阶上去。蔡同学告诉我们，一位知名企业家多次来路遥墓拜谒，这条专用山道有部分就是这位企业家捐赠而建的，他的创业成功受路遥作品影响很大，尤其是在他创业困难的时候，路遥给了他很大的精神鼓励。

山上很安静，雨把路道两边的野槐树淋洗得分外艳丽，我们很少走山路，又是雨天的山路，上山很吃力，走到一半时我已气喘吁吁了。蔡同学不时回头等等我们，有几处陡坡，他主动搀扶我们上去。

到了山顶，眼前突然开阔起来。路遥墓正好面对大学校园，墓园周边，有几棵专门从路遥老家移栽过来的枣树，还种了一大片路遥生前喜欢的白皮松。路遥的半身铜像注视着每一个来看望他的人。他的眼神仍像是为小说里某个人物命运的去向而在苦苦思考着。

当我从黄海之滨来到这黄土高原，一步一步走近路遥时；当我的双脚站在他的墓碑前凝望那句"像牛一样劳动，像土地一样奉献"时，那一刻，我的心中像是兑现了一个遥远的承诺，感到一种踏实和幸福。迢迢千里，二十多年后，我终于来了！只为心中那个为文学劳作不歇的路遥而来。那一刻，我感觉到无限的神圣，为离我心中最近的作家，为我以及所有如孙少平那样曾经不懈奋斗的青春，我深深地鞠躬，鞠躬，再鞠躬！

后　记

　　如燕子衔泥，如蜗牛上树，慢慢地，一点一滴，书稿有了模样。

　　一个多月的文字整理，对于我是一次"空间上的返乡之旅、时间上的返归之旅"。我没想到，我的顺潭港还是那么年轻，我的祖母并没有离我远去，我的心多少次在"不被遗忘的细节上"凝神战栗，甚至因感怀某些时刻而泪如泉涌。

　　巴掌大的顺潭港，写不尽的乡土情。那是我的衣胞之地，是我生命的根。从2006年起，我就开始专注写那片土地上的风土人情、家长里短，写最疼爱我的老祖母。离开家乡多年的我，内心里升腾起一种自发的紧迫感，这个村庄也许很快就会在城市发展的进程中被征用、被吞噬而永不存在。有什么能留住曾经生我养我的村庄？随着阅读的不断积累，我自觉找到了答案：有，而且可以是更高意义上的一种存在——它可在虔诚的文字里永生。

在我潜心阅读写作、作品陆续发表的年月里，有幸遇到同城的胡荣、孙曙及已故作家宗崇茂等几位文学兄长，有幸遇到"最暖人心的作家"丁立梅老师，遇到几位报纸和杂志的编辑，是他们的鼓励和引导，让忙于职场打拼的我有可能在文学的道路上走得更远。

2010年后，我开始向外地报刊投稿。盐城籍的诗人、作家孙昕晨老师当时是《无锡日报》副刊"太湖文学"的主编。我们都是盐城东海人，算是一衣带水的老乡。2012年7月，在一次投稿后，昕晨老师给我回复邮件，鼓励我一定要坚持写下去。我把这封邮件当作我人生中非常重要的"文学召唤"或"引领"，一直收藏着：

"每次看到你写新洋港边的人与事，就觉得特别地亲切，因为，在我的记忆里还没有人能够那么精准、那么质朴地传达我家乡的气息。那些熟悉的老地名，那些耳朵很习惯的方言土语、风俗习惯，一切都在你的文字中复活了。

"这个世界文采常有，而质朴不常有，就像你的为人，一切那么自然，看上去很舒服。

"你尽管尽兴地写，自由地写，图个开心，不用看别人的脸色与口味，你自个儿开心就好。这才是新洋港的女儿。

"再过两年，我准备到盐城，骑车在南洋、青墩、特庸一带慢慢走走，我是多么地喜欢那一片土地和人啊。我还想像当年那样坐船从盐城轮船码头出发，沿着新洋港的水路回家。

"下次回去，我们聚会一定要邀约你参加，我要听你谈谈新洋港边的人与事，那是我少年时代通往远方的'一条大河'。"

昕晨老师还向我推荐过很多作家的书，散文类中就有孙犁、沈从文、苇岸、周晓枫等不同时代的作家作品，并建议我多读关于美学的书籍。今天，我几乎把当年的邮件全文摘录于此，算是对我二十多年文学之路的再一次勉励吧。

最近几年，我主持了许多作家的新书发布会。每一次主持时，我心中的那个愿望就会强烈起来，希望哪一天我也能有自己的新书发布会。在一次主持丁立梅老师的新书发布会上，我大胆地说出了这个愿望，没想到她一直放在心里。感谢她为我此次书稿出版尽心沟通并为书作序。她的文字轻盈暖人，意蕴绵长，她的真诚令我无比感动。

燕子衔泥巢终成，蜗牛上树见精神。交稿之日越来越近，心却越来越怯。作为一个整天忙于做金融、和数字打交道的人，能有一本自己写的书，拥有一片属于自己的文学天空，何其幸也！

江　华

2024 年 8 月于盐城通榆河畔